Portuguese Short Stories for Beginners

Volume 1

20 Exciting Short Stories to Easily Learn Portuguese & Improve Your Vocabulary

Touri

https://touri.co/

ISBN: 978-1-953149-28-2

Copyright © 2020 by Touri Language Learning.
Second Paperback Edition: July 2020
First Paperback Edition: February 2020

All Right Reserved.

No part of this publication may be reproduced, distributed, or transmitted in any form or by any means, including photocopying, recording, or other electronic or mechanical methods, or by any information storage and retrieval system without the prior written permission of the publisher, except in the case of very brief quotations embodied in critical reviews and certain other noncommercial uses permitted by copyright law.

Free Audiobooks

Touri has partnered with AudiobookRocket.com!

If you love audiobooks, here is your opportunity to get the NEWEST audiobooks completely FREE!

Thrillers, Fantasy, Young Adult, Kids, African-American Fiction, Women's Fiction, Sci-Fi, Comedy, Classics and many more genres!

AudiobookRocket

Visit AudiobookRocket.com!

Contents

Resources 5
Want The Next Portuguese Book For Free? 6
Why We Wrote This Book 7
How To Read This Book 8
Capítulo 1. Snow E Ashes 9
Capítulo 2. Pinguins, Lobos E Cabras (No Zoológico) 23
Capítulo 3. O Rei Ingrato 37
Capítulo 4. Um Pirata, Uma Princesa E Alienígenas 50
Capítulo 5. Moldura Quebrada E Mentiras 64
Capítulo 6. Artes Marciais 77
Capítulo 7. Que Ideia É Essa? 90
Capítulo 8. Sortudo! 103
Capítulo 9. A Vida Não É Um Jogo 116
Capítulo 10. Barco Em Uma Garrafa 129
Capítulo 11. Doces Em Todas As Refeições? 142
Capítulo 12. Em Segurança 155
Capítulo 13. Pequenino 168
Capítulo 14. Chorar Não É Ruim 180
Capítulo 15. Fotos E Memórias 193
Capítulo 16. Fale Comigo 205
Capítulo 17. Bruxa Que Muda De Corpo! 218
Capítulo 18. Boletim Meteorológico 232
Capítulo 19. Coleção 245
Capítulo 20. Todo O Mundo É Um Professor 258
Conclusion 271
About The Author 272
One Last Thing 273

Resources

TOURI.CO

Some of the best ways to become fluent in a new language is through repetition, memorization and conversation. If you'd like to practice your newly learned vocabulary, Touri offers live fun and immersive 1-on-1 online language lessons with native instructors at nearly anytime of the day. For more information go to Touri.co now.

FACEBOOK GROUP

Learn Spanish - Touri Language Learning
Learn French - Touri Language Learning

YOUTUBE
Touri Language Learning Channel

ANDROID APP
Learn Spanish App for Beginners

WANT THE NEXT PORTUGUESE BOOK FOR FREE?

https://touri.co/premium-access-portuguese-ss-beg-vol-1/

Why We Wrote This Book

We realize how difficult it can be to learn a language. Most often learners do not know where to start and can easily feel overwhelmed at tackling a new language.

At Touri, we have identified a gap in the market for engaging, helpful and easy to read Spanish stories for beginners. We believe it is much easier to understand words in context in story form as opposed to studying verb conjugations or learning the rules of the language. Don't get us wrong, understanding the construction of the language is important, but the more practical approach is to learn a subset of words that you as a learner can practice with today.

Our goal is for you to feel confident when speaking with native speakers, even if it's a few words. Focus on building a foundation of commonly used words and you'll be setting yourself up for long-term success.

How To Read This Book

Portuguese Short Stories for Beginners is filled with engaging stories, basic vocabulary and memorable characters that make learning Portuguese a breeze!

Each story has been written in with you the reader in mind. The best way to read this book is to:

- **a.)** Read the story without worrying about completely understanding the story but making note of the vocabulary you do not understand.

- **b.)** Using the two summaries, Portuguese and English provided after each story take the time to make sure that you got a full grasp of what happened. Doing this will help you with your comprehension skills.

- **c.)** Go back through the story and read it again after having a better grasp of what happened. You may take a more concentrated approach to trying to understand everything, but it's not necessary.

- **d.)** Sprinkled throughout each story you will also find vocabulary words in **bold**, with a translation of each of these words found at the end of the stories. This is also another great way for you to expand your vocabulary and start using them in sentences.

- **e.)** We want you to get the most out of this book and learn as much as possible, which is why we have also included a list of multiple-choice questions that will test your understanding and memory of the tale. The answers can be found on the following page.

Most importantly, have fun while you're exploring a whole new world and learning Portuguese! We are so excited for the journey you're about to embark on!

Capítulo 1. Snow e Ashes

Snow e Ashes eram duas gatinhas bonitinhas que vivem na **casa** de Mayer. Eram irmãs e faziam tudo juntas.

Elas amavam seus humanos, especialmente o pequeno Eddie. Ele sempre brincava com elas, dava biscoitos a elas e não se importava quando elas o arranhavam por acidente.

Um dia, a mamãe de Eddie levou ele para o médico para sua consulta de rotina anual, seja lá o que isso for.

"Você acha que vão dar uma injeção no Eddie?" Perguntou Snow, brincado com um novelo de lã.

"Por quê? Ele não está doente." Respondeu Ashes, abrindo um **olho**.

"Geralmente, nós também não estamos doentes quando eles nos levam no veterinário e, no entanto, sempre temos que levar injeção." Salientou Snow, descartando o novelo de lã e lambendo a pata.

"Certo." Respondeu sua irmã. "Pobre Eddie!"

"Não acha que devíamos fazer algo por ele, para o animar?" Disse Snow, caminhando em direção à cesta de Ashes e pulando para o lado dela.

"Como uma surpresa?" Disse a gatinha preta, se contorcendo um pouco para dar mais lugar para sua irmã.

"Sim exatamente!" Snow bateu com a **cabeça** na cabeça de Ashes.

"O que devemos fazer?"

"Primeiro, vamos preparar algo para ele comer!" Sugeriu Snow. "Temos muito leite e biscoitos em nossas tigelas, eu vi a mamãe de Eddie colocando leite nos biscoitos dele. Ela chamou isso de cereais e ele parecia gostar deles."

"Você acha que ele iria gostar dos nossos?" Perguntou Ashes, encarando Snow com ar interrogativo. "Eu acho que os humanos não devem comer a nossa **comida**."

"É claro que os humanos podem comer nossa comida, nós comemos a deles o tempo todo!" Snow agitou uma pata no ar, afastando a **preocupação** de sua irmã. "Vamos lá!"

As duas gatinhas caminharam em direção ao corredor, onde é servida sua comida.

"Vamos colocar os biscoitos na tigela do leite!" Disse Snow. Ela se baixou para pegar um biscoito com sua boca e depois o largou na tigela com o leite. Ashes fez o mesmo, seguindo o exemplo de sua irmã.

"Isso não vai demorar muito **tempo**?" Disse Ashes. "São muitos biscoitos."

"Tem razão..." Snow parou por um momento, pensando em uma solução melhor antes de se deslocar para trás de uma das tigelas. "Vamos lá, me ajude a derramar o leite em cima dos biscoitos. Foi assim que a mãe de Eddie fez isso. Você segura a tigela com os biscoitos para que ela não se mexa e eu empurro a **tigela** com o leite. Instruiu ela.

"Tudo bem, eu entendi." Disse Ashes, amparando a lateral da tigela de biscoitos com a patinha.

Quando Snow empurrou a tigela de leite, ela tombou e, embora um pouco de leite tenha entrado na tigela de biscoitos, a maior parte ficou derramada no chão. "Opa!" Exclamou ela, olhando timidamente para a irmã e depois de volta para o **leite** derramado.

"A mamãe de Eddie não vai gostar disso." Disse Ashes, de olhos arregalados com o pânico. "Ela geralmente repreende Eddie sempre que ele derrama coisas."

"Sim, mas nós somos gatinhas bebê, ela não vai nos repreender." Disse Snow, sacudindo um pouco de leite da pata. "Além disso, somos mais fofas que Eddie, se ela ficar brava, faça beicinho, abra bem os olhos e incline a cabeça para o lado. Ela vai nos perdoar de imediato."

"Se você diz." Ashes encolheu os **ombros**. "O que fazemos agora?"

"Hmm, eu tenho certeza de que Eddie chegará em casa cansado, ele provavelmente vai querer **dormir**." Disse Snow.

"Oh, isso significa que ele não vai querer brincar conosco?" Perguntou Ashes, olhando o chão desanimada.

"Provavelmente."

"Ele não vai sequer nos acariciar um pouco?"

"Pense nisso, Ashes, ele vai estar machucado da agulha e provavelmente ficará ainda mais cansado por **chorar** como nós geralmente fazíamos", explicou Snow.

"Como ainda fazemos..." disse Ashes em um murmúrio.

"De qualquer jeito, devemos ir ajeitar a cama e os travesseiros de Eddie, como ele faz com os nossos! Isso o ajudará a dormir!"

E com essa sugestão, as duas gatinhas saltitaram em direção ao quarto do pequeno **humano**. Uma vez lá, elas olharam para o colchão alto.

"Como vamos chegar no topo?" Perguntou Ashes, passando a pata sobre a orelha.

"Pulamos!"

"Acho que não conseguiremos chegar tão alto."

"Sim, nós conseguiremos! Eu já fiz isso antes." Ashes assegurou. Ela deu uns passos para trás, antes de se virar para a sua irmã. "Olha só!" Ordenou ela antes de correr e **pular**. Ela soltou suas garras e as usou para se segurar nos lençóis da cama. Snow então subiu para cima do colchão antes de se virar e olhar para sua irmã. "Viu? É fácil! É a sua vez."

Ashes olhou em redor, incerta de seu sucesso, mas ela fez o que sua irmã havia demonstrado **momentos** antes. Precisou de algumas tentativas, mas acabou por chegar no topo da cama.

"Acho que furamos os lençóis." Ela disse a Snow.

"Pensamos nisso mais tarde. Vamos ajeitar as **almofadas**."

As duas gatinhas pularam nos travesseiros de Eddie, pisando neles repetidamente. Snow decidiu que também deviam fazer o mesmo do outro lado, então elas começaram a virar as almofadas e repetir o pisoteio naquele lado também. Contudo, ao fazer isso, a **pata** de Snow ficou presa no tecido.

"Oh, não! Estou presa!" Lamentou ela. "Me ajude!"

Ashes se moveu para uma extremidade do travesseiro e, com a boca, o puxou em sua direção, enquanto Snow puxou sua pata, elas conseguiram libertá-la mas...

"A mamãe de Eddie definitivamente não vai gostar disso!" Afirmou Ashes, olhando para a fronha, agora em farrapos.

Snow teve a brilhante ideia de escondê-lo embaixo da **cama**, empurrando o travesseiro para o chão antes de pular sobre ele e tentaram empurrar ele para baixo da estrutura de madeira da cama.

Nesse momento, elas ouviram a porta se abrindo. A mãe de Eddie exclamou em voz alta, horrorizada com a bagunça no corredor enquanto elas dobravam seus esforços para **ocultar** o que estavam fazendo.

Porém, elas não foram rápidas o suficiente e a senhora entrou no **quarto** do filho momentos depois e as pegou em flagrante.

"Nossa!" Ela disse.

"Rápido, faça como eu disse." Sussurrou Snow.

Ambas as gatinhas se viraram para encarar a **mulher** e lançaram seu olhar mais inocente. Esperando que funcionasse.

E funcionou.

Vocabulary - Vocabulário

Casa: *house*

Olho: *eye*

Cabeça: *head*

Comida: *food*

Preocupação: *concern*

Tempo: *Breakfast*

Tigela: *bowl*

Leite: *milk*

Ombros: *shoulders*

Dormir: *sleep*

Chorar: *cry*

Humano: *human*

Pular: *jump*

Momentos: *moments*

Almofadas: *pillows*

Pata: *paw*

Cama: *bed*

Ocultar: *hide*

Quarto: *bedroom*

Mulher: *woman*

Resumo da história

Eddie foi no médico com sua mãe para sua consulta de rotina anual, o que significa que Snow e Ashes ficaram sozinhas em casa. As gatinhas receavam que Eddie chegasse em casa e não quisesse brincar com elas. Portanto, as duas gatinhas decidiram tentar fazer com que seu amigo humano se sentisse bem-vindo quando ele chegasse em casa, preparando um petisco e deixando sua cama confortável. Embora suas intenções fossem boas, tudo o que fizeram rapidamente se transformou em um desastre. Quando a mãe de Eddie chegou em casa e viu o que havia acontecido, as gatinhas lançaram um olhar inocente e, é claro, ela não conseguiu ficar brava com elas.

SUMMARY OF THE STORY

Eddie had gone to the doctor for his yearly checkup with his mother, which meant Snow and Ashes were home all alone. The kittens were concerned that Eddie would come home and not want to play with them. So, the two kittens decided to make their human friend feel welcome when he arrived home by preparing a treat and making his bed feel cozy. Although they had good intentions, everything they did quickly turned into a disaster. When Eddie's mom arrived home and saw what had happened the kittens gave an innocent look and of course she couldn't get angry.

Perguntas sobre a história

1) **Para onde a mãe de Eddie o levou?**
   - A. Para a escola
   - B. Para o dentista
   - C. Para uma festa de aniversário surpresa
   - D. Para o médico

2) **Qual a cor de Snow?**
   - A. Branca
   - B. Preta e branca
   - C. Preta
   - D. Branca e laranja

3) **Que tipo de petisco Snow e Ashes queriam dar a Eddie?**
   - A. Algodão doce
   - B. Biscoitos
   - C. Atum
   - D. Sorvete

4) **Por que Snow e Ashes foram para o quarto de Eddie?**
   - A. Porque elas se assustaram
   - B. Elas sentiram o aroma de comida
   - C. Para preparar sua cama e travesseiros
   - D. Elas estavam perseguindo uma bola

5) **O que fez a mãe de Eddie para punir as gatinhas?**
   - A. Colocou elas lá fora
   - B. Trancou elas no porão
   - C. Gritou com elas
   - D. Elas não ficaram em apuros

QUESTIONS ABOUT THE STORY

1) **Where did Eddie's mom take him?**
   A. To school
   B. To the dentist
   C. To a surprise birthday party
   D. To the doctor

2) **What color is Snow?**
   A. White
   B. White and black
   C. Black
   D. White and orange

3) **What kind of treat did Snow and Ashes want to give Eddie?**
   A. Cotton candy
   B. Biscuits
   C. Tuna
   D. Ice cream

4) **Why did Snow and Ashes go into Eddie's bedroom?**
   A. Because they got scared
   B. They smelled food
   C. To prepare his bed and pillows
   D. They were chasing a ball

5) **What did Eddie's mom do to punish the kittens?**
   A. Put them outside
   B. Locked them in the basement
   C. Yelled at them
   D. They didn't get into trouble

Answers

1) D
2) A
3) B
4) C
5) D

Capítulo 2. Pinguins, Lobos e Cabras (no zoológico)

Layla fechou os olhos e cruzou os **braços** à frente do **rosto**, se protegendo do impacto quando viu um cachorro grande correndo em sua direção.

Ela estava tendo um ótimo dia no **zoológico**. Tudo era tão agradável de se ver. Os animais eram incríveis e ela aprendeu muitas coisas sobre eles e seus hábitos.

Ela estava se dirigindo para a **jaula** do leão depois de observar as girafas por um tempo, quando viu o cachorro correndo em sua direção e, a partir de sua experiência, ela sabia que acabaria no chão quando o **cachorro** a alcançasse.

E foi isso que aconteceu. Como tudo indicava, o cachorro a derrubou no **chão** depois de uma forte colisão e ela gemeu quando sua cabeça bateu no concreto duro. Ah, ela devia ter esperado por seu **pai**!

Ela se levantou lentamente e se virou para olhar a figura distante do cachorro, ainda correndo na direção de algum lugar desconhecido. Não se importando muito com o agressor, ela sacudiu a **poeira** das calças e se virou para regressar para a jaula do leão. No entanto, ela nem dois passos deu e logo estacou atônita e ofegante perante o que viu.

Ali, da mesma direção de onde o cachorro veio, passeava um grupo de **animais**. Os animais que estavam no zoológico! Os que deviam estar em jaulas. Ah, não! Até os leões e os tigres estavam soltos.

"Lamento a atitude de meu **marido**, querida. Ele sempre foi bastante impaciente para assistir ao espetáculo de **dança** dos pinguins. Que lobo bobo ele é". Uma voz feminina veio de sua esquerda e ela se virou e percebeu que era a voz de uma loba.

Uma loba estava falando com ela! Dizendo para ela que o animal havia embatido contra ela momentos antes era, na verdade, um lobo, e não um cachorro.

"Aí está ele." Disse uma voz rouca. Layla virou a cabeça em direção à **voz** e percebeu que era a voz de um elefante! Ah querida...

Ela esfregou os olhos e olhou em volta mais uma vez, notando que vários outros animais estavam falando enquanto caminhavam rapidamente na mesma direção. Ela também ficou surpresa ao ver que não parecia haver humanos à vista.

"O que está acontecendo?!" Murmurou para si mesma.

"Você está bem, menina?" Perguntou uma **cabra**. Ela assentiu, abanando a cabeça, atordoada, sem saber o que dizer.

"Bem, venha, eu ouvi dizer que há um bufê livre depois do show!" Disse o interlocutor.

Layla engoliu em seco e respirou trêmula antes de seguir o animal branco. Ela não sabia mais o que fazer. Ela queria apenas encontrar o pai e ir para casa. Nada estava fazendo sentido e ela estava preocupada.

Todos os animais se reuniram ao redor do anel de **gelo** onde os pinguins estavam alinhados. Depois que a plateia ficou em silêncio o suficiente, o grupo de pinguins se curvou em saudação e um começou a **cantar**.

Layla soltou uma risada divertida com o que viu e assistiu fascinada.

"Eles são muito bons, não são?" Sussurrou a cabra, se inclinando para ela.

"Sim! Eles sempre atuam?" Sussurrou Layla de volta.

"A maior parte das vezes, sim. Por vezes o **urso** polar se junta a eles. Contudo, hoje é a primeira vez que eles cantam Jazz."

"Uau..."

No final do espetáculo, todo mundo batia palmas, incluindo Layla. Ela sorriu largamente e seguiu a cabra para o que deveria ser o bufê.

"Meu nome é Layla, a propósito. Me desculpe por não ter me apresentado mais cedo." Disse ela com um **sorriso** simpático.

"Eu sou a Nadine. Não se preocupe com isso." Nadine então inclinou a cabeça para o lado, indicando um pedaço de grama contornando o anel de gelo. "Vamos comer!"

Layla observou a cabra a mastigar a grama com curiosidade e ficou ali em silenciosa confusão.

"O quê? Você não gosta de grama fresca? Eu posso tentar saber se eles têm feno, se você quiser..." Disse Nadine, olhando em redor para ver se havia outras opções.

"Uhmm, Não. Obrigada. Eu não como **grama**." Disse Layla, com estranheza.

"Então o que você come?"

Ela refletiu um pouco sobre o que dizer, sabia que não deveria dizer **ovos** ou carne por razões óbvias e não gostava muito de vegetais.

"Uh, batatas fritas?" Ela disse.

"Batatas? Acho que você não vai encontrar nada disso aqui. Mas eu acho que pode ter cenouras e maçãs nos estábulos. Peça um pouco aos cavalos, ali."

"Está tudo bem. Eu não estou com fome." Disse Layla, concluíndo o assunto com nervosismo. "Com licença, eu tenho que ir embora agora."

Ela não queria ser rude e, embora tivesse apreciado o espetáculo, ela sabia que não pertencia ali. Ela se virou para voltar para junto de seu pai quando viu a loba que havia batido contra ela momentos antes correndo em direção a ela em alta velocidade.

"Ah, outra vez não..." Murmurou ela, antes que ela a atacasse pela segunda vez naquele dia.

Foi um pouco mais difícil para ela abrir os olhos pela segunda vez e ela teve que piscar várias vezes.

A primeira coisa que viu foi o rosto preocupado do pai

"...yla...Layla!" Ela ouviu a voz dele chamar por ela. "Ah, graças a Deus. Você está bem, querida?" Perguntou o seu pai.

"Sim, os animais estão de volta em suas jaulas?" Ela resmungou.

"Huh?"

Quando ela se sentou, constatou que estavam. Os animais estavam onde deveriam estar

e os seres humanos caminhavam pelo **parque**.

"Sinto muito, a correia escapou da minha mão e ele fugiu." Disse uma mulher e, ao lado dela, estava sentado um cachorro ofegante. O mesmo que havia corrido e batido contra ela momentos antes, a loba que haviam falado foi no seu sonho.

Um sonho. Sim, foi isso mesmo.

Quando o cachorro soltou um latido em vez de uma frase, suas suspeitas estavam confirmadas.

"Vamos lá, querida. Vamos levar você no médico." Disse o seu pai.

Depois que o médico confirmou que estava tudo bem, no caminho de volta para casa, ela contou ao pai tudo sobre cabras falantes e pinguins bailarinos.

Vocabulary - Vocabulário

Braços: *arms*

Rosto: *face*

Zoológico: *zoo*

Jaula: *cage*

Cachorro: *dog*

Chão: *ground*

Pai: *father*

Poeira: *dust*

Animais: *animals*

Marido: *husband*

Dança: *dance*

Voz: *voice*

Cabra: *goat*

Gelo: *ice*

Cantar: *sing*

Urso: *bear*

Sorriso: *smile*

Grama: *grass*

Ovos: *eggs*

Parque: *park*

RESUMO DA HISTÓRIA

Layla estava maravilhada com todos os animais no zoológico e estava ansiosa por finalmente chegar lá. Depois que ela visitou as girafas, ela se deslocou para ver os leões. Do nada, um grande cachorro se precipitou em sua direção sem sinais de abrandamento. Eles colidiram e Layla caiu inconsciente. Quando ela acordou, ela encontrou o zoológico completamente deserto, sem humanos à vista. Quando ela olhou em volta confusa, todos os animais começaram a falar com ela como por magia. Layla rapidamente fez amizade com uma cabra chamada Nadine. Juntas, elas assistiram a um espetáculo incrível com pinguins cantando. Layla ficou surpresa, pois foi o melhor espetáculo que já havia assistido! Embora Layla estivesse se divertindo muito, ela também sentia falta do pai e queria ir para casa. Num momento quase perfeito, o mesmo cachorro que havia colidido com ela antes a encontrou novamente! Ela acordou e descobriu que sua experiência era felizmente um sonho.

SUMMARY OF THE STORY

Layla was mesmerized by all of the animals in the zoo and was excited to finally be there. After she visited the giraffes, she made her way to see the lions. Out of nowhere a large dog ran at full speed directly towards her with no sign of slowing down. They collided and Layla was knocked unconscious. When she woke up, she found the zoo completely desolate and no humans to be found anywhere. As she looked around confused, all of the animals magically starting speaking to her. Layla quickly made friends with a goat named Nadine. Together they attended an amazing show with singing penguins. Layla was stunned as it was the best show she had ever been to! Although Layla was having a lot of fun, she also missed her father and wanted to go home. With almost perfect timing, the same dog that had collided with her before ran into her again! She woke up to find that her experience was thankfully all a dream.

Perguntas sobre a história

1) O que a Layla ia visitar depois de observar as girafas?
    A. Os hipopótamos
    B. O aquário
    C. A jaula do leão
    D. Os golfinhos

2) Por que Layla acabou batendo a cabeça no concreto?
    A. Um cachorro correu em sua direção
    B. Ela escorregou porque o piso estava molhado
    C. Ela entrou em uma briga
    D. Ela não bateu com a cabeça

3) Qual animal não apareceu na história?
    A. Um pinguim
    B. Um lobo
    C. Um golfinho
    D. Um elefante

4) Que tipo de bufê a cabra ofereceu a Layla?
    A. Grama
    B. Queijo e leite
    C. Batatas fritas
    D. Batatas fritas e hambúrguer

5) Quando Layla acordou, para onde seu pai a levou?
    A. Ver os tubarões
    B. Alimentar os crocodilos
    C. Ver os cangurus
    D. Para o médico

QUESTIONS ABOUT THE STORY

1) **Where was Layla heading to visit after seeing the giraffes?**
    - A. To see the hippopotamus
    - B. To the acquarium
    - C. To the lion's cage
    - D. To see the dolphins

2) **Why did Layla end up hitting her head on the concrete?**
    - A. A dog ran into her
    - B. She slipped on because the ground was wet
    - C. She got into a fight
    - D. She didn't hit her head

3) **Which animal was not in the story?**
    - A. A penguin
    - B. A wolf
    - C. A dolphin
    - D. An elephant

4) **What kind of buffet did the goat offer Layla?**
    - A. Grass
    - B. Milk and cheese
    - C. Fried potatoes
    - D. French fries and a cheese burger

5) **When Layla woke up, where did her dad take her?**
    - A. To the see the sharks
    - B. To feed the alligators
    - C. To see the kangaroos
    - D. To the doctor

Answers

1) C
2) A
3) C
4) A
5) D

Capítulo 3. O Rei Ingrato

Ezermount era um reino onde as **pessoas** tiravam o melhor proveito daquilo que tinham. Todos se sentiam abençoados e, além dos murmúrios de lamentações ocasionais sobre seu **rei** tirano, não causavam muitos **problemas**, principalmente porque o rei em questão tinha seus soldados espalhados por todo o reino. As pessoas que pronunciassem **palavras** depreciativas sobre ele eram arrastadas para o castelo e depois enclausuradas nas masmorras.

O rei Dorian olhou com orgulho pela grande varanda do quarto. Ele adorava se lembrar de tudo o que possuía ao admirar a vista do reino aos pés do **castelo**.

Desde seu nascimento, tudo foi literalmente entregue a ele em uma bandeja de **prata**. Ele era o único herdeiro do rei anterior e todos os seus caprichos eram atendidos. O jovem Dorian nunca teve que fazer nada **sozinho**. Ele sempre teve servos para facilitar a sua **vida**, políticos para manter um olhar atento nos eventos que aconteciam nos reinos vizinhos e generais para treinar seu exército e afastar os intrusos das fronteiras de seu reino.

Ele se lisonjeava dizendo a si mesmo que governava o melhor **reino** e imaginou que seus súditos eram muito gratos por ter um rei assim.

No entanto, alguns anos após sua coroação, Dorian começou a se sentir enfadado. Ele perdeu o interesse em tudo o que possuía e começou a fazer birras como uma **criança** petulante, sempre pedindo para trazerem mais tesouros para ele, sempre expressando seu desagrado com tudo o que possuía, quer fosse **roupas**, joias ou comida. Nunca estava satisfeito.

Um dia, ele acordou ao som de passos furiosos marchando em direção aos seus aposentos. Ele esfregou os olhos preguiçosamente e começou a levantar da cama quando a porta grande de madeira de seu quarto foi abruptamente aberta.

—"O que significa isso!" Ele gritou, olhando para o grupo de **soldados** e seu general.

— "Você está sendo deposto pelo exército. Por favor, evacue o castelo ao meio-dia ou você será jogado para fora. Você não pode levar objetos de **valor**, pois eles são considerados propriedade da coroa." Declarou o general Pierce em voz alta e monótona.

—"Deposto?" Dorian soltou uma gargalhada. "Vocês não podem me depor! Eu sou o rei, o supremo monarca!"

Ele então voltou o olhar para os **guardas** que estavam atrás de Pierce e ordenou que o prendessem.

—"Eles não farão tal coisa. Eles não são fiéis a você, pois você não fez nada por eles. O mesmo se pode dizer de todas as pessoas do reino." Disse o general.

Dorian ficou de **boca** aberta e olhos arregalados. Ele percebeu que Pierce estava certo. Ele não tinha ideia de como administrar um reino e nada havia feito para merecer o respeito de seus súditos.

Ele não tinha saída.

E assim, quando o **relógio** bateu meio-dia, Dorian estava do lado de fora do castelo sob o sol escaldante, com nada além de trajes de servo.

Seu primeiro instinto foi se dirigir à cidade e exigir comida e **abrigo** até que ele conseguisse elaborar um plano, mas isso não correu muito bem. Ninguém acreditava que o homem que afirmava ser o rei usava essas roupas.

Ele então decidiu procurar trabalho, mas depois percebeu que, nunca tendo se esforçado para aprender, não sabia como fazer **nada**.

Esgotadas suas opções, Dorian se sentou na beira da estrada, pensando no que poderia fazer.

Um senhor empurrando um carrinho cheio de flores teve pena dele e lhe ofereceu comida e abrigo em troca de ajuda a remover os espinhos dos caules das flores. Se vendo sem grande escolha, Dorian concordou.

O senhor demonstrou como realizar sua **tarefa** designada e os dois caminharam pelo reino, fazendo paradas para vender um ramo de flores ou uma única rosa aos transeuntes.

Quando o senhor deu o dia por terminado, eles se dirigiram para sua casa. Dorian notou que aquele lugar mal podia se chamar casa, pois era pequena, encardida, tinha apenas uma vela para iluminar o espaço e não havia lenha na lareira.

O senhor pegou uma fatia de queijo e um pequeno pedaço de pão velho, dividiu os alimentos em porções iguais e empurrou uma porção em direção a Dorian. Ele então pegou uma jarra de água e a colocou na mesa entre eles.

Dorian não fez nenhum comentário e aceitou com gratidão os pedaços de comida, quer fosse por pena das circunstâncias infelizes do senhor ou porque ele não tinha nenhuma outra alternativa.

Deitado no chão frio, debruçado sobre si próprio, Dorian desejou ter feito mais pelas pessoas como esse anfitrião quando era rei.

Algumas horas mais tarde, um raio de **sol** o acordou. Ele gemeu, ainda sentindo a privação de sono e se virou de lado, na tentativa de bloquear o sol que batia no seu rosto. Seus esforços foram infrutíferos e ele ouviu alguém puxar as cortinas para permitir que mais luz invadisse a sala.

Dorian permaneceu imóvel por um momento. Ele estava seguro de que não havia cortinas na casa do senhor.

Não querendo dar asas às suas esperanças ou talvez não querendo as destruir, ele se recusou a abrir os olhos e optou por passar a mão sobre a superfície onde dormia para tentar ter certeza. Quando ele sentiu a textura sedosa de seus lençóis, ao invés do frio e empoeirado piso de madeira onde dormira na noite anterior, Dorian sabia que estava de volta no seu castelo.

Ele pulou abruptamente de sua cama, assustando a empregada que estava limpando a casa e implorou que ela chamasse o general Pierce.

Quando o general entrou em seu quarto, Dorian não perdeu tempo para perguntar se a decisão de o depor havia sido revogada.

—"Depor? Depor quem, sua majestade?" Com as palavras de Pierce, o Rei Dorian percebeu que os eventos do dia anterior não passavam de um sonho.

No entanto, as lições aprendidas no dito sonho haviam ficado forjadas em sua mente.

—"Eu quero começar a aprender mais sobre como administrar esse Reino, Pierce. Me diga, como eu posso ajudar meus súditos?" Disse Dorian com um olhar determinado.

Nesse dia, o rei renasceu.

Vocabulary - Vocabulário

Pessoas: *people*

Rei: *king*

Problemas: *problems*

Palavras: *words*

Castelo: *castle*

Prata: *silver*

Sozinho: *alone*

Vida: *life*

Reino: *kingdom*

Criança: *child*

Roupas: *clothes*

Soldados: *soldiers*

Valor: *value*

Guardas: *guards*

boca: *mouth*

Relógio: *clock*

Abrigo: *shelter*

Nada: *nothing*

Tarefa: *task*

Sol: *sun*

Resumo da História

Dorian administrava o reino de Ezermount e acreditava ser o melhor rei de todos. Desde que nascera, nada lhe havia faltado. Infelizmente, ele não sabia o que era viver uma vida comum. De fato, quando ele se tornara rei alguns anos atrás, ele tomou seu estatuto como garantido. Um dia, o povo de Ezermount decidiu derrubar Dorian devido à sua ingratidão e falta de capacidade para servir ao seu povo. Dorian foi rapidamente jogado na rua sem nada além de traje de servo. Desamparado, sem quaisquer competências, ele não sabia o que fazer. Felizmente, um velho que empurrava um carrinho de flores expressou bondade e ofereceu comida e abrigo a Dorian. Com essa experiência, Dorian aprendeu a importância da gratidão.

Summary of the Story

Dorian ran the kingdom of Ezermount and believed he was the greatest king of all. Ever since he was born, he had always been given everything. Unfortunately, he never knew what it was like to live a life of common folk. In fact, when he became king a couple years ago, he took his status for granted. One day the people of Ezermount decided to overthrow Dorian due to his ungratefulness and lack of serving his people. Dorian was quickly thrown to the street with nothing but servant attire. Helpless, with no skills he didn't know what to do. Thankfully an old man tending a flower cart expressed kindness and gave Dorian food and shelter. From this experience Dorian learned the importance of gratitude.

Perguntas sobre a história

1) Depois que Dorian se tornou rei, quanto tempo passou até ele se sentir aborrecido?
   A. 5 meses
   B. Alguns anos
   C. 1 semana
   D. 11 meses

2) Qual o nome do Reino?
   A. Ezermount
   B. Aupteland
   C. Osmis
   D. Ocrauway

3) Quando Dorian foi deposto, quais posses ele tinha?
   A. Um saco de dinheiro
   B. Uma escova de dentes e um sabão
   C. Seu toca-discos favorito
   D. Apenas um traje de servo

4) O velho ofereceu comida e abrigo a Dorian em troca de quê?
   A. 20 $
   B. Dorian tinha de lavar o carro do velho
   C. Remover os espinhos das flores
   D. Ordenhar as vacas do velho

5) Qual tipo de comida o velho compartilhou com Dorian?
   A. Pão velho
   B. Um pedaço de queijo
   C. Empanadas
   D. As opções A e B

QUESTIONS ABOUT THE STORY

1) After Dorian became king, how long did it take for him to get bored?
    A. 5 months
    B. Couple of years
    C. 1 week
    D. 11 months

2) What is the name of the Kingdom?
    A. Ezermount
    B. Aupteland
    C. Osmis
    D. Ocrauway

3) When Dorian was overthrown what possessions did he have?
    A. A bag of money
    B. A toothbrush and soap
    C. His favorite record player
    D. Only servants attire

4) The old man gave Dorian food and shelter in exchange for what?
    A. $20
    B. Dorian had to wash the old man's car
    C. Remove thorns from the flowers
    D. Milk the old man's cows

5) What kind of food did the old man share with Dorian?
    A. Stale bread
    B. A wedge of cheese
    C. Empanadas
    D. Both A and B

Answers

1) B
2) B
3) D
4) C
5) A

Capítulo 4. Um Pirata, uma Princesa e Alienígenas

A Sra. Abner aconchegou Alex e Connor antes de se sentar na **cadeira** posicionada contra a parede, de frente para suas camas. Ela pegou o livro de contos de fadas que estava na cama de Connor e começou a ler a história para dormir.

—"Era uma vez, uma bonita princesa que vivia em uma torre. A princesa estava presa no seu interior porque um **dragão** grande e assustador estava guardando a torre, impedindo-a de sair e os outros de entrar."

Ela sorriu para os seus dois filhos antes de continuar:

—"Um dia, um **príncipe** corajoso veio em seu socorro."

—"Mas ao invés disso, ele era o cara ruim!" Alex gritou com entusiasmo.

—"Ok então." A senhora Abner assentiu. "O príncipe **malvado** veio no castelo para sequestrar a princesa e quando-"

—"Não, não! Ele não estava lá para sequestrar ela! Ele estava lá para roubar os **segredos** da torre!" Interrompeu, Connor.

—"Sim, para conquistar o mundo!" Alex interveio.

—"Ahn? Como assim?" Perguntou a Sra. Abner, fechando o livro de contos de fadas, sabendo que seus filhos haviam assumido a responsabilidade de serem **criativos** com a história daquela noite.

—"A princesa é uma agente especial que guarda os segredos da humanidade que estavam escondidos na torre!" Alex explicou.

—"E a história do dragão estar lá para impedir a sua saída era apenas a sua **proteção**!" Seu irmão acrescentou.

—"Sim", assentiu Alex. "De fato, o dragão também é um agente. Ele é o seu parceiro."

A Sra. Abner resistiu ao desejo de rir da narrativa entusiasta e pouco ortodoxa de seus filhos. Ela limpou a garganta e sorriu para eles dois:

—"Continuem."

Ela incentivou os **gêmeos** a continuarem a contar a história da princesa agente e do príncipe malvado.

—"O príncipe trabalha para uma organização que quer conquistar o **mundo** e tornar todos os humanos seus servos!" Disse Alex, agitando energicamente as mãos enquanto se sentava na cama.

A Sra. Abner suspirou quando viu Connor fazer o mesmo. Parece que esses dois não vão dormir tão cedo.

—"A organização quer tirar os videogames das crianças!" Disse Connor, encarando o seu irmão gêmeo com os olhos muito abertos. "Porque os videogames ensinam as crianças a lutar e eles não querem isso."

Alex assentiu, satisfeito com a ideia do seu irmão.

—"E chocolate, para que seus dentes de leite nunca caiam e, desse jeito, a fada dos dentes também nunca viria salvar as crianças."

A Sra. Abner olhou para um menino e depois para o outro, confusa com o rumo que a história estava tomando.

—"De qualquer forma, o príncipe foi na **torre** para descobrir os segredos da humanidade." Ele fez uma careta de concentração pensando na próxima linha da história improvisada. "E ele confrontou o dragão. O **agente** dragão cuspiu fogo na direção do príncipe malvado, mas ele conseguiu desviar antes de pegar seu sabre de **luz**!"

—"Oh, nossa! Isso não pode ser bom!" Disse a mãe, fingindo um olhar de preocupação. "O que aconteceu então?" Perguntou ela, olhando para os dois meninos.

—"Então, o príncipe saltou entre as **árvores** e cortou o olho do agente dragão!" Disse Connor.

—"E depois, aproveitando o momento de distração do agente dragão, o príncipe malvado usou uma corda para atar a boca do dragão. Desse jeito, o agente dragão não seria capaz de voltar a cuspir **fogo** para ele!" Disse o outro menino.

—"Sim, e depois ele atingiu a cabeça do agente dragão com o punho de seu sabre de luz, deixando ele inconsciente!" Connor disse para ela.

— "Minha nossa. Pobre agente dragão! Espero que ele fique bem!" Disse a mãe. "E depois o que aconteceu?"

—"O príncipe malvado entrou na torre, correndo pelas **escadas** até o quarto onde estava a agente princesa e o segredo da humanidade." Disse Connor, baixando o volume de sua voz para criar suspense.

—"O príncipe malvado abriu a porta com um chute e a princesa assumiu uma postura de combate! Ela era treinada em **artes marciais** e tinha um sabre de luz negro mandaloriano, então ela não tinha medo dele!" Disse Alex, adotando o mesmo tom de voz. "O príncipe malvado e a agente princesa travaram uma luta incrível. Eles chutaram, socaram e bateram suas espadas, mas no final da **batalha**, a agente princesa venceu quando derrubou o príncipe malvado e o dominou, apontando a espada para o **pescoço** dele! Ele disse, imitando o gesto apontando o punho para o chão.

—"Mas o príncipe malvado tinha um último truque na manga!" Disse Connor.

—"Ele tinha?" Alex franziu a testa e ao sutil aceno de seu irmão, ele pigarreou e disse. "Certo... Sim!"

—"E que truque era esse?" A mãe perguntou com um sorriso, divertida com a sua cumplicidade.

—"Ele tinha um pager que ele costumava usar para chamar assistência da organização! A agente princesa foi informada pelo rádio que centenas de aviões estavam indo para **atacar** a torre e que seus aliados haviam sido convocados para ajudar a protegê-la!" Disse Connor.

—"Sim! E a melhor parte é", acrescentou Alex. "Seus aliados eram os alienígenas!"

—"Os extraterrestres?" Exclamou a Sra. Abner. "Eles querem conquistar o nosso planeta?"

—"Não, mamãe, se concentre!" Disse Connor, meio lamentando, meio xingando sua mãe pela falta de atenção. "Os alienígenas estão lá para ajudar a proteger a Terra! É por isso que eles são aliados dela!"

—"Ah, me desculpe. Continue." Ela disse.

—"Os alienígenas chegaram em sua nave espacial bem a tempo de ter um grande confronto com os soldados malvados da organização. Pum pum pum! Eles atiraram uns sobre os outros, mas os alienígenas venceram devido à sua tecnologia avançada!"

—"Oh, graças a Deus! O que aconteceu com o príncipe malvado e o agente dragão?"

—"O agente dragão foi levado ao hospital, seu olho foi tratado e ele começou a usar um tapa-olho. Seu codinome passou a ser pirata desde então!" Alex disse à mãe. "O príncipe e os outros soldados malvados foram levados a uma prisão subterrânea e altamente protegida e não causaram mais problemas!"

Connor então disse:

—"E o segredo e a agente princesa foram transferidos para outra torre, por razões de segurança." Então ele acrescentou apressadamente "Oh! E ela e o agente dragão, também conhecido como "o pirata" receberam **medalhas** pela sua bravura!" Ele então olhou para o seu irmão com um olhar inquisitivo. "Fim?"

—"Sim, fim!" Disse Alex, acenando com a cabeça. "Mamãe, gostou da nossa história para dormir?" Ele perguntou à Sra. Abner.

—"Foi maravilhosa! Muito divertida mesmo!" Ela disse. "Agora, julgo que estamos todos preparados para dormir!"

Ela bocejou e lhes deu um beijo de boa noite antes de sair do quarto. Quando apagou a luz e fechou a porta, ficou maravilhada com a incrível imaginação que uma criança pode ter.

Vocabulary - Vocabulário

Cadeira: *chair*

Dragão: *dragon*

Príncipe: *prince*

Malvado: *evil*

Segredos: *secrets*

Criativos: *creative*

Proteção: *protection*

Gêmeos: *twins*

Mundo: *world*

Torre: *tower*

Agente: *agent*

Luz: *light*

Árvores: *trees*

Fogo: *fire*

Escadas: *stairs*

Artes marciais: *martial arts*

Batalha: *battle*

Pescoço: *neck*

Atacar: *attack*

Medalhas: *medals*

Resumo da História

Era hora de dormir e Connor e Alex estavam aconchegados em suas camas. Como costuma fazer sempre antes deles dormirem, sua mãe, a Sra. Abner, começou a ler o seu livro de histórias favorito. A história começou com uma princesa que estava presa no interior de uma torre porque um dragão grande e assustador estava guardando a torre, impedindo-a de sair e os outros de entrar. Rapidamente, os meninos intervieram e criaram sua própria história, que contava com um príncipe malvado, alienígenas, dragões que eram agentes secretos e soldados do mal. A Sra. Abner ficou maravilhada com a imaginação dos dois filhos gêmeos.

SUMMARY OF THE STORY

It was night time and both Connor and Alex were all tucked in and ready for bed. As their mother always does before they go to sleep, Mrs. Abner began to read from their favorite storybook. The story began with a princess who was stuck inside because a large scary dragon was guarding the tower, keeping her from going anywhere and anyone else from entering. Quickly the boys interjected and crafted their own story filled with an evil prince, aliens, secret agent dragons and evil soldiers. Mrs. Abner could only be amazed at how imaginative her two twin sons were.

Perguntas sobre a história

1) Qual personagem não apareceu na história?
    A. Um dragão
    B. Um príncipe malvado
    C. Um gorila falante
    D. O "Pirata"

2) O que a princesa estava protegendo na torre?
    A. Um tesouro secreto
    B. Uma poção mágica
    C. O pergaminho do destino
    D. Os segredos da humanidade

3) Como é que os alienígenas derrotaram os soldados malvados?
    A. Com poderes de controle da mente
    B. Com sua tecnologia avançada
    C. Eles fizeram os soldados malvados rir tanto que eles choraram
    D. Eles usaram uma ratoeira gigante

4) O que o dragão passou a usar quando saiu do hospital?
    A. Um tapa-olho
    B. Gesso
    C. Uma camisa que dizia "Eu amo o Touri"
    D. Óculos

5) O que deram à princesa e ao pirata por sua bravura?
    A. Dois bilhetes para o concerto do Bon Jovi
    B. Uma medalha
    C. Uma viagem ao Caribe
    D. Um frasco de manteiga de amendoim

QUESTIONS ABOUT THE STORY

1) **Which character was not in the story?**
    A. A dragon
    B. An evil prince
    C. A talking gorilla
    D. The "Pirate"

2) **What was protecting the princess in the tower?**
    A. A sacred treasure
    B. A magic potion
    C. The scroll of destiny
    D. The secrets of humanity

3) **How did the aliens defeat the evil soldiers?**
    A. With mind controlling powers
    B. With their advanced technology
    C. They made the evil soldiers laugh so hard that they cried
    D. They used a giant mouse trap

4) **What did the dragon start wearing after visiting the hospital?**
    A. An eyepatch
    B. A cast
    C. A T-Shirt that said, "I love Touri"
    D. Eyeglasses

5) **What did they give the princess and pirate for their bravery?**
    A. Two tickets to Bon Jovi
    B. A medal
    C. A trip to the caribbean
    D. A jar of peanut butter

Answers

1) C
2) D
3) B
4) A
5) B

Capítulo 5. Moldura quebrada e mentiras

Dylan olhou consternado para os fragmentos do objeto **quebrado** que estavam espalhados a seus pés. O retrato de seu **avô** sorria para ele por trás dos pedaços da moldura quebrada.

Ele estava jogando com a bola de futebol nos corredores e, por uma infeliz reviravolta do destino, a bola bateu na imagem emoldurada pendurada na **parede**.

Ele ficou inquieto pensando em uma maneira de esconder as provas de seu crime e encobrir seus rastros. Se sua mãe descobrisse, ele passaria por uma bronca! Ela havia dito a ele várias vezes para não jogar bola dentro de casa, mas ele fez o que ela havia **proibido** sem ela saber.

Depois de uma rápida olhada em volta, seu olhar mirou o armário. Enquanto olhava pensativo, ele decidiu esconder as provas de sua desobediência. Ele coletou rapidamente os fragmentos de vidro, soltando um "Ai" quando um cortou o seu dedo e os colocou em uma caixa de sapatos antes de a colocar bem dentro do armário.

Mais tarde nesse dia, sua mãe veio bater na sua **porta**. Dylan estava deitado na cama depois de tar passado o tempo no seu quarto jogando no **computador** desde seu pequeno ato travesso, tentando ficar fora da vista e evitar atrair a atenção de sua mãe, mas ele sabia que, eventualmente, ela o procuraria.

—"Olá Dylan." Disse a mãe, sorrindo levemente.

—"Oi, mãe." Respondeu ele, a sua voz soou de modo ínfimo e ele não olhou nos olhos da mãe.

"O quadro de seu avô não está na parede do corredor. Aquele em que ele está usando a camisa de flanela, sabe?" Ele assentiu e ela retomou o discurso. "Sabe onde ele está?"

—"Não, mamãe. Eu estive no meu quarto o dia todo." Depois acrescentou. "Pergunte à Celia, talvez ela saiba."

—"Hum, não, eu já perguntei para ela e para seu pai."

Dylan encolheu os ombros em resposta, ainda recusando olhar nos olhos de sua mãe.

—"Sabe o que é mais curioso? Eu vi uma marca de bola de futebol na parede próximo ao local onde estava pendurada a moldura. Sabe o que aconteceu?"

—"Não, mamãe." Ele abanou a cabeça em **negação**.

—"Sério? Porque eu também achei fragmentos de **vidro** no corredor."

Ela o olhou com os olhos semicerrados.

—"Eu acho que alguém esteve jogando dentro de casa, bateu na moldura e depois decidiu esconder as provas para evitar ser repreendido."

—"Talvez tenha sido a Agatha. Sim, deve ter sido ela!" Disse Dylan, lançando as culpas para sua irmã.

—"Querido, a Agatha tem apenas sete **meses**. Ela nem sequer anda.", disse sua mãe em tom delicado, mas com repreensão.

—"Então não sei, talvez tenha sido o **monstro** debaixo da cama da Celia!" Disse Dylan, depois de tirar um momento para pensar noutro possível culpado.

—"Oh? Eu pensava que esse monstro saía apenas durante a noite e por que ele iria querer jogar com sua bola de futebol?"

—"Bem... Porque... Ah, não seja boba mãe! Não existem monstros!" Exclamou Dylan, sua voz soando irritada quando ele ficou sem **mentiras** para contar.

—"Então, quem pegou a moldura?" Perguntou a mãe de novo.

—"Como posso saber?!"

—"Querido, lembra o que eu disse sobre falar a verdade?" Perguntou ela enquanto se aproximava da cama dele para se sentar ao seu **lado**.

—"Sim, mãe." Ele assentiu, olhando para as mãos.

—"E lembra da gente dizer que uma pequena mentira leva a uma maior que é ainda mais difícil de explicar e que você não deve mentir porque é **errado**?"

—"Sim."

—"Por que você não me diz o que realmente aconteceu?" Ela o convenceu.

Dylan suspirou miseravelmente, relutante em confessar seus erros e fechou os olhos com força antes de olhar para o rosto de sua mãe.

—"Fui eu. Eu estava brincando com a bola de futebol e quando eu chutei, ela bateu acidentalmente no quadro do vovô. Ele caiu no chão e o vidro quebrou.

Eu não queria ser repreendido, então eu peguei os pedaços e coloquei em uma de suas caixas de **sapatos** e a escondi no armário."

—"Percebi."

Sua mãe fez uma breve pausa e falou de novo:

—"Dylan, você sabe por qual motivo eu repreendo vocês quando fazem algo que eu disse para não fazerem?"

—"Por que é malcriação?" Deduziu ele.

—"Sim, porque é malcriação e também para não voltarem a se **repetir**." Ela aproximou a cabeça da mão dele. "Desta vez, você teve a sorte e só cortou o dedo, mas poderia ter se machucado muito. Além disso, você é jovem demais para limpar a mancha que sua bola deixou na parede, eu que tenho que fazer isso, mesmo que eu tenha outras coisas para fazer. Quando pedi para você jogar apenas la fora, é porque eu sei que as coisas podem ficar quebradas ou sujas em casa e não queremos isso, não é?"

Dylan abanou a cabeça.

—"Agora, por que você não me mostra onde escondeu a **caixa** de sapatos?"

Dylan acompanhou sua mãe até o armário que ficava no final do corredor e o vasculhou antes de retirar a caixa e a entregar à mãe. Ela recuperou a foto do avô e descartou a moldura e o copo na lixeira antes de colocá-la em uma nova moldura.

—"Não vamos pendurar agora porque eu tenho que **limpar** a parede." Ela disse para ele. "Você tem algo a dizer?"

—"Lamento não ter escutado você e ter mentido. A partir de agora, eu jogo apenas lá fora."

Quando ele olhou para cima e viu sua mãe levantando uma **sobrancelha** para ele, indicando que deveria continuar, ele disse:

—"E direi sempre a **verdade**."

—"Muito bom. Estou orgulhosa de você, querido."

A mãe de Dylan beijou o filho na testa e ofereceu a ele alguns dos biscoitos que ela trouxera de sua ida ao supermercado e, com isso, os dois foram para a **cozinha** para se juntar ao resto da família.

Vocabulary - Vocabulário

Quebrado: *broken*

Avô: *grandfather*

Parede: *wall*

Proibido: *forbidden*

Porta: *door*

Computador: *computer*

Negação: *denial*

Vidro: *glass*

Meses: *months*

Monstro: *monster*

Mentiras: *lies*

Lado: *side*

Errado: *wrong*

Sapatos: *shoes*

Repetir: *repeat*

Caixa: *box*

Limpiar: *clean*

Sobrancelha: *eyebrow*

Verdade: *truth*

Cozinha: *kitchen*

Resumo da história

Quando Dylan brincava em segredo com sua bola de futebol no interior da casa, ele lembrou que sua mãe havia lhe dito que ele não podia fazer isso. Dylan estava se divertindo chutando a bola no corredor e ele a chutou com demasiada força. A bola bateu na parede e depois bateu na moldura de seu avô, que quebrou quando caiu no chão. O Dylan reagiu rapidamente coletando os fragmentos e os escondeu em uma caixa de sapatos, esperando que sua mãe não desse falta da moldura. Sua mãe questiona Dylan a respeito da foto desaparecida e ele apende uma lição muito importante sobre falar sempre a verdade.

SUMMARY OF THE STORY

As Dylan was secretly playing with his soccer ball in the house, he remembered how his mother told him repeatedly he was not allowed to do so. Dylan was having fun kicking the ball in the hallway and hit it a little too hard. The ball bounced off the wall and hit a portrait of his grandfather causing it to shatter once it crashed into the ground. Dylan reacted quickly by cleaning up the pieces and hid them in a shoe box hoping his mother would not notice the missing frame. His mother questions Dylan about the missing photo and he learns a very important lesson about always telling the truth.

Perguntas sobre a história

1) **Quem estava na imagem da moldura partida?**
    - A. Toda a família
    - B. O avô
    - C. A irmã mais nova
    - D. Chuck Norris

2) **Qual a idade de Agatha?**
    - A. 12 anos
    - B. 21 anos
    - C. 7 meses
    - D. 10 meses

3) **Como Dylan quebrou o quadro?**
    - A. Ele bateu nele
    - B. Ele saltou no quadro
    - C. Ele e o seu amigo jogaram a foto no lixo
    - D. Ele derrubou o quadro com uma bola de futebol

4) **Onde Dylan escondeu os fragmentos quebrados?**
    - A. Atrás do sanitário
    - B. Em uma caixa de sapatos
    - C. Em um buraco no jardim
    - D. Na lata de lixo

5) **Dylan prometeu à sua mãe que passaria a jogar apenas onde?**
    - A. Fora de casa
    - B. No seu quarto
    - C. No celeiro
    - D. No corredor

QUESTIONS ABOUT THE STORY

1) **Who was in the broken picture frame?**
   - A. The whole family
   - B. The grandfather
   - C. The little sister
   - D. Chuck Norris

2) **How old is Agatha?**
   - A. 12 years old
   - B. 21 years old
   - C. 7 months old
   - D. 10 months old

3) **How did Dylan break the picture frame?**
   - A. He hit it
   - B. He jumped on it
   - C. Him and his friend threw the photo in the garbage
   - D. He hit it with a soccer ball

4) **Where did Dylan hide the broken pieces?**
   - A. Behind the toilet
   - B. In a shoe box
   - C. In a hole in the backyard
   - D. In the trash bin

5) **Where did Dylan promise his mom he would only play?**
   - A. Outside
   - B. In his bedroom
   - C. In the barn
   - D. In the hallway

Answers

1) B
2) C
3) D
4) B
5) A

Capítulo 6. Artes marciais

Em uma manhã de verão quente, duas crianças assistiam à **televisão** com espanto enquanto um artista marcial demonstrava seus movimentos **sofisticados**.

"Uau..!" Exclamou Beth sem sequer pestanejar para não perder nada.

"Isso é tão legal!" Disse o seu primo. Ele estava assistindo ao programa desde o início e ele também parecia tão impressionado quanto ela, com os olhos muito abertos e soltando pequenos suspiros sempre que um movimento era demonstrado.

"Sim!" Concordou Beth com **entusiasmo** antes de ambos voltarem a ficar em silêncio para se concentrarem no programa.

Os dois ficaram sentados até o final do programa e apenas se levantaram quando foram chamados para **almoçar**.

"Eu quero ser artista marcial quando eu crescer!" Disse a garotinha enquanto descia as escadas.

"Eu não!" Disse o **primo**, correndo atrás dela desajeitadamente. Suas palavras fizeram a menina franzir a testa em confusão. Ele não estava tão surpreso quanto ela antes? Como ele pode dizer isso?

"Por que não?" Perguntou ela, e o tom de sua voz refletiu perfeitamente a surpresa que estava sentido.

"Ouvi dizer que os artistas marciais têm que treinar muito arduamente. Ouvi dizer que eles têm que quebrar seus ossos e rasgar seus **músculos** para se tornarem fortes." Ele respondeu.

"Você não pode estar falando sério!" Ela exclamou. Aquilo era horrível! Quem se sujeitaria a esse tipo de **tortura**? Beth estremeceu ao pensar em passar por esse tipo de dor para se tornar uma artista marcial de sucesso e pensou que talvez devesse reconsiderar.

No entanto, ela continuou pensando no programa que assistira antes e em como aquela senhora era incrível quando socava e chutava as tábuas de madeira. Beth queria realmente ser como ela. Talvez ela pudesse tomar remédio para suportar a **dor** quando iniciasse seu treino? Então ela olhou para o primo e fez uma careta. Talve Bobby estivesse errado a respeito do que ele tinha dito a ela... O que sabia ele, afinal? Ela poderia **perguntar** a alguém mais confiável e ela sabia perfeitamente quem!

Mais tarde naquele dia, quando o primo tirou uma soneca, ela foi conversar com o irmão mais velho, que tomava conta deles enquanto os pais estavam fora naquele dia.

"Oi, Keith!" Ela o cumprimentou alegremente. Seu irmão mais velho era a pessoa mais inteligente que ela conhecia. Ainda mais inteligente do que os seus pais! Ele sempre tinha resposta para suas perguntas e mesmo quando ele não sabia a resposta, ele fazia sua **pesquisa**.

"Oi, mana!" Ele respondeu com um sorriso ao fechar o **livro** que estava lendo. "Em que posso ajudar você?" Disse o irmão beliscando o nariz dela.

Beth soltou uma risadinha e se sentou do seu lado no sofá. "Eu tenho uma pergunta para você." Ela começou. Quando o seu irmão assentiu com a cabeça, ela continuou. "É verdade que os artistas marciais têm que quebrar seus ossos e rasgar seus músculos quando treinam para ficarem mais **fortes**?"

O irmão abriu muito os olhos e tirou um momento antes de responder. "Tenho a certeza que não. Quem contou isso para você?"

"Foi o Bobby."

"Bem, como eu disse. Eu não acredito que isso seja verdade, mas vamos pesquisar para ter certeza."

Beth observou Keith enquanto ele tirou o telefone do bolso e tocou nele antes de **ler** o que estava sendo exibido na tela do telefone por alguns minutos.

"Muito bem. É meio que verdade", Beth ficou horrorizada e o irmão levantou a mão para a acalmar. "Mas não é tão doloroso como parece." Beth parecia ligeiramente mais aliviada com aquelas palavras.

"Bem, então como é?" Perguntou com curiosidade. Se não era uma tortura tão grande quanto parecia, ela ainda teria a chance de se tornar uma artista marcial no futuro. Ela era uma garota durona, podia aguentar um pouco de dor! No outro dia, ela arranhou o **joelho** quando caiu e nem chorou!

Keith sorriu e despenteou os cabelos da irmã. Ele pegou o telefone e apoutou para a tela. "Segundo esse artigo, quando as pessoas treinam para qualquer disciplina que exija bater em algo ou alguém, eles têm que bater com suas mãos, pés, joelhos, etc.", ele explicou.

Beth sabia disso. Ela tinha visto a mulher bater em madeira e concreto. Ela acenou com a cabeça para ele continuar.

"E por vezes eles quebram tábuas de madeira e coisas assim. Para fazer isso, eles têm que golpear muito rápido ou têm que ser muito fortes. Idealmente, os artistas marciais usam uma combinação de força e velocidade. Para construir essa força, eles treinam levantando pesos, fazendo flexões e batendo em sacos de areia, o que causa a quebra de seus ossos e o desgaste de seus músculos. Mas essas fissuras não são **perigosas** ", ele tranquilizou a irmã com um sorriso. "São apenas pequenas fissuras nos **ossos** e quando essas fissuras se curam, o osso se torna cada vez mais forte nesses locais". Ele concluiu.

"Ohh...! Isso faz sentido." Disse Beth, acenando **lentamente** com a cabeça.

"O mesmo acontece com os músculos, e isso não acontece apenas com os artistas marciais. Os fisiculturistas, por exemplo, levantam pesos pesados e isso causa pequenas fissuras nos músculos devido à tensão. Quando o músculo se cura e se reconstrói, ele se torna maior e mais forte. É por isso que alguns artistas marciais conseguem quebrar tijolos com as próprias **mãos**, porque são fortes o suficiente, mas também porque são rápidos o suficiente quando os atingem."

"Então, não dói nada?" A garotinha perguntou. Ela queria ter certeza antes de tomar sua **decisão**.

"Bem, tenho certeza de que esse tipo de treinamento pode fazer com que as pessoas se sintam um pouco doloridas e tensas, mas não é nada perigoso demais e, se fizerem o que é certo, não correm o risco de se machucar." Ele respondeu." Aí está, mistério resolvido! Satisfeita, garotinha?"

Beth sorriu e abanou a cabeça. "Sim! Agora que isso está esclarecido, eu quero me tornar uma artista marcial!" Anunciou, orgulhosa.

"Oh? Você sabe qual arte marcial você deseja praticar? Caratê? Judô? Hapkido?" Ele perguntou.

"Bem... Eu não sei... ainda."

Keith riu e disse que ela pode perguntar aos **pais** quando eles voltarem para casa. "Talvez eles possam levar você a algumas escolas de artes marciais e você pode escolher depois de assistir!"

Vocabulary - Vocabulário

Televisão: *television*

Sofisticados: *sophisticated*

Entusiasmo: *enthusiasm*

Almoçar: *lunch*

Primo: *cousin*

Músculos: *muscles*

Tortura: *torture*

Dor: *pain*

Perguntar: *ask*

Pesquisa: *search*

Livro: *book*

Fortes: *strong*

Ler: *read*

Joelho: *knee*

Perigosas: *dangerous*

Ossos: *bones*

Lentamente: *slowly*

Mãos: *hands*

Decisão: *decision*

Pais: *parents*

Resumo da História

Beth é uma garotinha que assistiu a um programa de artes marciais com seu primo. Ela ficou muito impressionada com os movimentos demonstrados e o seu primo também. Quando as duas crianças desceram para almoçar, ela disse que queria se tornar uma artista marcial, mas quando o primo disse que essas pessoas têm que quebrar seus ossos e rasgar seus músculos quando treinam, ela pensou duas vezes. Quando ela perguntou a seu irmão sobre isso, ele verificou no telefone dele e disse para ela que essas são apenas pequenas fissuras que não causam dor e que ajudam os ossos e os músculos a se fortalecerem depois de curados. Beth ficou aliviada e decidiu avançar com sua decisão de se tornar uma artista marcial.

Summary of the Story

Beth is a little girl who had been watching a martial arts show with her cousin. She was very impressed by the moves demonstrated there and so was her cousin. When the two went down to have lunch, she told him that she wanted to become a martial artist too but when he told her that these people have to break their own bones and tear their own muscles when they train, she started having second thoughts. When she asked her brother about that he checked on his phone and told her that those are only tiny breaks that don't hurt them and that help their bones and muscles become stronger after healing. Beth was relieved and decided to go through with her decision of becoming a martial artist.

Perguntas sobre a história

1) Quais dos seguintes nomes não pertencem a um personagem da história?
    A. Beth
    B. Keith
    C. Bobby
    D. Riley

2) O que as crianças estavam assistindo no início da história?
    A. Um programa sobre artes marciais
    B. Um reality show
    C. Desenhos animados
    D. Um filme de animação

3) O que a garotinha queria se tornar?
    A. Uma artista marcial
    B. Uma professora
    C. Uma dançarina de balé
    D. Uma detetive

4) Quais das seguintes artes marciais o irmão mais velho mencionou?
    A. Jiu-jitsu
    B. Aikido
    C. Judô
    D. Kung Fu

5) Qual arte marcial o personagem principal queria praticar?
    A. Ela ainda não sabia
    B. Caratê
    C. Judô
    D. Hapkido

QUESTIONS ABOUT THE STORY

1) **Which of these names doesn't belong to a character from the story?**
    A. Beth
    B. Keith
    C. Bobby
    D. Riley

2) **What were the children watching at the beginning of the story?**
    A. A martial arts show
    B. A reality TV show
    C. A cartoon
    D. An animation movie

3) **What did the little girl want to become?**
    A. A martial artist
    B. A teacher
    C. A ballet dancer
    D. A detective

4) **Which of these martial arts did the older brother mention in his talk?**
    A. Jujitsu
    B. Aikido
    C. Judo
    D. Kung Fu

5) **Which martial art did the main character want to practice?**
    A. She didn't know yet
    B. Karate
    C. Judo
    D. Hapkido

ANSWERS

1) D
2) A
3) A
4) C
5) A

Capítulo 7. Que ideia é essa?

Cindy estava sentada na escada da varanda da frente da casa, apoiando o rosto na mão e franzindo a testa para a grama no **quintal** da casa. Ela estava muito irritada e isso ficava claro para quem a via naquele momento.

O motivo do seu mau humor era bastante **simples**: ela estava frustrada porque ela teve uma boa ideia - ou ela assim achava - que não deu muito certo.

A ideia dela não era nada de complicado. Ela pensara que uma boa maneira de praticar sozinha a corrida de três **pernas** da escola era amarrar os cadarços dos sapatos e correr pelo jardim. Infelizmente, sua ideia deu errado quando ela tentou dar o primeiro passo, acabando por cair e bater com o rosto no chão. Tinha os cotovelos feridos, bem como seu **orgulho**, como resultado daquilo que ela acreditava ser uma ideia brilhante.

"Seria fantástico se as ideias pudessem nos avisar previamente se são boas ou más..." Murmurou para ela própria com um suspiro.

Ela foi se afastando da realidade enquanto pensava mais na ideia e começou a sonhar acordada.

"Se minha ideia fracassada se transformasse em uma pessoa para me avisar com antecedência, teria parecido horrível..." Ela murmurou enquanto imaginava uma **pequena** versão de si mesma vestida com um pijama sujo. A "má" ideia tinha cabelos espetados e areia nos olhos, o que mostrava claramente que não havia realizado seus rituais de higiene matinal. "Aposto que você não lavou nem os dentes..." Cindy disse para ela.

"Por que se importar? Eu não vou conquistar nada, de qualquer jeito." A pequena ideia da Cindy respondeu com um bocejo.

"Oh! Eu estava certa, você tem mau **hálito**!" Cindy acusou, cobrindo o rosto com a mão.

A ideia sorriu e atrevidamente acenou com a mão antes de desaparecer no **ar.**

"Não admira que tenha falhado." Ela pensou para ela mesma. "Eu saberia o resultado se tivesse visto sua aparência..."

Com um suspiro, ela decidiu esticar as pernas e se levantou para fazer isso. Enquanto descia as escadas, ela pensou na primeira pessoa que pensou em fazer escadas. Ela não sabia quem havia inventado as escadas, então imaginou que tinha sido ela e uma pequena **visão** de si mesma apareceu diante dela.

"Olá, pequena versão de mim!" Saudou ela.

A pequena ideia parecia legal. Ela estava vestida de forma decente, mas suas roupas não eram muito elegantes. Ela vestia um jeans de macacão muito simples, com uma camiseta de **algodão** por baixo. Estava limpo e seu cabelo estava devidamente escovado e preso em um rabo de cavalo. Ele sorriu timidamente para ela e acenou.

"Fazer escadas foi uma ideia simples, mas muito **boa**. Permitiu às pessoas subir para locais elevados depois de terem lutado para superar colinas íngremes." A ideia informou com um sorriso confiante.

Cindy acenou com a cabeça. "Foi seguramente uma boa ideia, visto que ainda hoje nós usamos escadas."

Outra ideia apareceu na sua frente e limpou a **garganta**. "O elevador foi uma ideia ainda melhor." Disse ela com uma expressão de superioridade. Essa ideia vestia um terno formal de duas peças perfeitamente engomado e usava óculos. Seu cabelo estava penteado em um coque baixo que fazia lembrar a Cindy, a diretora da escola. "Muito útil para pessoas com incapacidades e muito eficaz em termos de economia de tempo. Tudo o que as pessoas têm que fazer é **pressionar** alguns botões." Adicionou a ideia.

Antes de Cindy poder responder, a ideia das escadas falou. "Sim, mas inútil sem eletricidade." Ela argumentou, esticando o **dedo** indicador.

A ideia do elevador suspirou e parecia muito ofendida. "Nos dias de hoje, as falhas de energia são acontecimentos raros." Ela respondeu cruzando os braços.

"Não assim tanto em alguns países. Estou segura que aí estão satisfeitos por terem escadas." Essa foi a resposta da ideia das escadas.

Cindy soltava risadas enquanto observava as duas ideias brigarem sobre qual delas era a mais revolucionária até que ambas desapareceram em uma nuvem de poeira **colorida** com um som de "puf".

Ela continuou andando sem rumo pelo jardim e parou quando viu um gnomo de jardim. Cindy inclinou a cabeça para o lado e olhou confusa. Essa era uma ideia que ela **simplesmente** não conseguia entender. O que estava a pessoa pensando quando inventou esse objeto?

Subitamente, outra ideia apareceu diante dela. Essa ideia vestia uma saia, um suéter de lã e um par de sapatos clássicos. Seu cabelo estava solto e ela olhou em seu redor, distraída com o ambiente.

"Olá...?" Cindy cumprimentou, timidamente. "Você deveria ser uma boa ou uma má ideia?"

A ideia encolheu os ombros e sorriu. "Eu sou a ideia do gnomo de **jardim**. Eu sou o **resultado** de um impulso, nada muito elaborado."

"Bem, como é que a pessoa que criou você sabia que você seria eficaz?" Cindy perguntou.

A ideia sorriu e abanou a cabeça. "Não sabia. Ele apenas me criou e esperou o melhor. Algumas coisas na vida são assim mesmo, sabe. É preciso arriscar e ver o que acontece!"

Cindy ficou apenas olhando a ideia. Ela nunca tinha pensado desse modo. Ela supôs que, com essa **abordagem**, ela evitaria qualquer decepção. Se alguém tentar fazer algo sem pensar se funciona, não ficará desapontado se não funcionar. Por outro lado, se a ideia for bem-sucedida, essa pessoa ficaria agradavelmente surpresa.

"Bem, eu tenho que ir! Até depois!" Disse a ideia do gnomo de jardim antes de desaparecer.

Cindy olhou para a **porção** de grama onde a ideia estava antes e o seu rosto se iluminou com um sorriso.

"Acho que chegou o momento de criar novas ideias..." Ela disse a si mesma e correu para o seu quarto para elaborar sua **próxima** ideia.

Vocabulary - Vocabulário

Quintal: *yard*

Simples: *simple*

Pernas: *legs*

Orgulho: *pride*

Prequena: *small*

Hálito: *breath*

Ar: *air*

Visão: *vision*

Algodão: *cotton*

Boa: *good*

Garganta: *throat*

Pressionar: *pressure*

Dedo: *finger*

Colorida: *colorful*

Simplesmente: *simply*

Jardim: *garden*

Resultado: *result*

Abordagem: *approach*

Porção: *portion*

Próxima: *next*

Resumo da História

Cindy era uma garotinha que estava amuada porque uma ideia sua não havia dado certo. Ela deixou o livre arbítrio para os seus pensamentos e se perguntou como seria se as ideias pudessem assumir a forma humana e avisar as pessoas com antecedência, caso fossem más ideias. Ela começou sonhando acordada e viu diferentes ideias ganharem forma, como a má ideia que ela havia tido, a ideia das escadas, a ideia do elevador e até a ideia do gnomo do jardim. A última ensinou a ela que algumas ideias não estavam predestinadas a fracassar ou ter sucesso desde o início e que, por vezes, é preciso arriscar e ver o que acontece.

SUMMARY OF THE STORY

Cindy was a little girl who had been sulking because an idea she had didn't work out. She left free reign to her thoughts and wondered what it would be like if ideas could take a human form and warn people ahead in case they were bad ideas. She started day dreaming and seeing the embodiment of different ideas like the bad idea that she had, the idea of the stairs, the elevator and even the garden gnome. The last one taught her that some ideas weren't predestined to fail or succeed from the start and that sometimes, one has to take a chance and see what happens.

Perguntas sobre a História

1) **Qual o nome da personagem principal?**
   - A. Windy
   - B. Jessie
   - C. Amber
   - D. Cindy

2) **Onde ela estava no início da história?**
   - A. Na escolha
   - B. No parque
   - C. Em sua casa
   - D. Na piscina

3) **Por que ela estava amuada?**
   - A. Porque ela havia perdido um jogo
   - B. Porque ela brigara com sua melhor amiga
   - C. Porque sua mãe a castigou
   - D. Porque sua ideia fracassou

4) **Qual a primeira ideia que ela imaginou como uma pessoa?**
   - A. A ideia do gnomo de jardim
   - B. A ideia das escadas
   - C. Sua própria ideia
   - D. A ideia do elevador

5) **De acordo com a ideia do gnomo do jardim, podemos ter certeza se uma ideia irá fracassar ou ter êxito?**
   - A. Algumas ideias devem ser testadas primeiro
   - B. Sim, com a ajuda das estatísticas
   - C. Não, não podemos estar seguros do sucesso de alguma ideia
   - D. Sim, uma ideia irá provavelmente fracassar

QUESTIONS ABOUT THE STORY

1) **What's the main character's name?**
   - **A.** Windy
   - **B.** Jessie
   - **C.** Amber
   - **D.** Cindy

2) **Where was she at the beginning of the story?**
   - **A.** At school
   - **B.** At the park
   - **C.** At her house
   - **D.** At the swimming pool

3) **Why was she sulking?**
   - **A.** Because she lost a game
   - **B.** Because she fought with her best friend
   - **C.** Because her mother scolded her
   - **D.** Because her idea failed

4) **What was the first idea that she imagined as a person?**
   - **A.** The garden gnome idea
   - **B.** The stairs idea
   - **C.** Her own idea
   - **D.** The elevator idea

5) **According to the garden gnome idea, can we be sure if an idea will fail or succeed?**
   - **A.** Some ideas have to be tested first
   - **B.** Yes, with the help of statistics
   - **C.** No, we can't be sure of the success of any idea
   - **D.** Yes, an idea will most likely fail

Answers

1) D
2) C
3) D
4) C
5) A

Capítulo 8. Sortudo!

Num dia quente e ensolarado, enquanto os grilos cantavam e as **formigas** desfilavam por uma árvore, Jacob rastejou pelo pequeno jardim de sua casa e olhou atentamente pela grama em uma busca meticulosa do lendário **trevo** de quatro folhas. O objetivo principal de sua missão era ganhar sorte com essa planta, como qualquer outra pessoa. Ele não achava ser capaz de encontrar uma ferradura na cidade e não estava, de todo, interessado em adquirir um pé de coelho! Que tipo de pessoa sem coração faria isso a um pobre coelho?!!

Portanto, sua única opção era o trevo de quatro folhas. Se ele achar um trevo de quatro folhas, ele terá **sorte** e se ele tiver sorte, tudo dará certo em sua vida.

O único problema é que ele não conseguia achar a planta em questão por mais que ele procurasse. Ele começou se sentindo **frustrado** depois de meia hora de busca e ele estava pensando seriamente em desistir de sua missão.

"Estou começando a achar que não existem..." Resmungou depois de **soprar** a terra de suas mãos.

"Por que está se lamuriando, garoto?" Ele ouviu a voz de sua irmã atrás dele, o que o fez saltar e se colocar em pé.

"Leah! Não faça isso às pessoas!" Repreendeu o menino com uma careta.

"Desculpe." Disse a irmã com uma risada enquanto se sentava na grama ao lado dele. "Então, o que está deixando você tão aborrecido?" Perguntou enquanto beliscava levemente a **bochecha** do irmão, que ele logo afastou de seu rosto.

Ele soltou um suspiro infeliz e esfregou a têmpora para se acalmar. "Tenho procurado em todo o lado por um trevo de quatro folhas, mas parece que todos os trevos têm três folhas."

"Percebi." Disse Leah, pousando um braço sobre o joelho e o **queixo** sobre o braço. "E por que você precisa achar um trevo com quatro folhas?"

"Para ter sorte, claro. Que mais?" Ele disse, de testa franzida.

"Bem, por que você precisa de sorte?"

Ela estava sendo **densa** a respeito do assunto de propósito? Ele sabia que ela era inteligente, por isso ela devia estar coaçando dele. Jacob não estava para brincadeiras! "Bem, para nada! A sorte ajuda com tudo, certo? Torna tudo melhor e mais fácil! Eu jogaria melhor futebol, teria melhor notas e venceria todos os jogos online que jogo!" Explicou ele, agitando suas mãos.

A irmã mais velha riu e despenteou o cabelo do irmão. "Tenha calma, garoto. Eu entendo."

"Então você sabe o porquê de eu precisar achar esse trevo."

"Eu acho que a sorte não funciona assim como você pensa, sabe?" Disse Leah.

Jacob bufou e revirou os olhos. "Sim, claro." O que sabia ela...? Nenhum **adulto** entendia suas lutas.

"Não, estou falando sério. Você conhece alguma pessoa bem-sucedida que confie na sorte?" Ela perguntou com as sobrancelhas levantadas.

"Bem... não, mas..." Ele tirou um momento para pensar em um **argumento,** mas não teve ideia alguma.

"Viu? A maioria das pessoas que alcança seus objetivos confia em outras coisas. Você consegue adivinhar o quê?" Ela questionou com um sorriso provocador.

"Milagres?" Jacob respondeu com sarcasmo, fazendo ela rir.

"Não, espertinho! Trabalho árduo. As pessoas **trabalham** para alcançar seus objetivos e tornar seus sonhos realidade. Elas se tornam boas em seus trabalhos se esforçando muito, praticando e acumulam **experiência** e conhecimento que, mais tarde, irá as ajudar a trabalhar mais rápido e melhor ao longo do caminho." Ela explicou.

"Ah é? Me dê um exemplo." O garoto desafiou a irmã, cruzando os braços.

"Você! Lembra como você costumava ser rium em História?"

Jacob se encolheu ao pensar em suas notas passadas de História. Ele **odiava** a disciplina e se recusava a estudar. No entanto, eu havia conseguido melhorar e achar uma maneira de memorizar suas lições de forma eficaz quando ele se concentrou na matéria e com a **ajuda** de Leah. Agora, História é a sua disciplina favorita e ele tira sempre nota máxima.

"Muito bem. O que mais?" Ele perguntou, ainda pouco convencido.

Leah olhou de volta para a casa, depois em seu redor, para garantir que ninguém mais estava **ouvindo** além dela própria e Jacob. "Lembra como a mãe era muito ruim na jardinagem?"

Jacob riu lembrando as pobres plantas que sua mãe afogava por deitar água em excesso. "Ela melhorou bastante desde então..." Ele disse, olhando as belas roseiras que estavam com flor graças ao cuidado de sua mãe.

"E todo o mundo sabe como eu era ruim no basquete quando eu comecei. **Agora**, olhe bem para mim! Depois de vários meses de trabalho árduo, eu sou a capitã da equipe de minha escola!" Leah disse com um sorriso orgulhoso.

"Verdade. O pai está sempre se gabando de você a todas as pessoas." Jacob disse com um sorriso atrevido.

"Viu? A verdade é que todo o mundo pode ser bom em qualquer coisa. Você melhorou em História quando estudou arduamente. Mamãe melhorou na jardinagem porque se recusou a **desistir**, não importava quantas plantas morressem em suas mãos, e eu me tornei boa no basquete após horas e horas de treino. Todo mundo que é bom em alguma coisa, já foi ruim nisso e apenas melhorou depois de muita prática e trabalho árduo. A sorte é uma coisa boa, mas se todo o mundo se regesse por ela, não haveria **progresso** em nenhuma área."

Jacob acenou com a cabeça e sorriu. "Entendi o seu **ponto**. Quem precisa de sorte, afinal? Eu consigo fazer tudo por mim."

"E se você estiver com dificuldade, pode sempre pedir ajuda." Leah lembrou, com um sorriso.

Jacob sorriu e olhou para ela timidamente. "Então... Me ajuda a achar um trevo de quatro folhas...? Não é para sorte! Apenas porque eu acho que seria legal se achássemos um!"

Leah revirou os olhos com carinho exasperado e sorriu para ele antes dos dois retomarem a busca do **famoso** item da sorte.

Vocabulary - Vocabulário

Formigas: *ants*

Trevo: *clover*

Sorte: *luck*

Frustrado: *frustrated*

Soprar: *blow*

Queixo: *chin*

Densa: *dense*

Adultos: *adults*

Argumento: *argument*

Trabalham: *work*

Experiência: *experience*

Odiava: *hated*

Ajuda: *help*

Agora: *now*

Desistir: *give up*

Progresso: *progress*

Ponto: *point*

Famoso: *famous*

Ouvindo: *listening*

Bochecha: *cheek*

Resumo da História

Jacob é um garotinho que estava tentando achar o lendário trevo de quatro folhas no seu jardim. Ele queria a sorte que o item lhe concederia, mas o tempo passou e ele começou a se sentir frustrado. Sua irmã mais velha se juntou a ele no jardim e perguntou o porquê dele estar tão chateado. Quando ele disse para ela o que estava acontecendo, ela disse que ele não precisava de sorte e informou que as pessoas de sucesso dependiam de muito trabalho e não de sorte. Quando ele pediu exemplos de tais pessoas, ela lhe disse que ele, sua mãe e ela própria eram pessoas que obtiveram sucesso graças ao trabalho árduo e à dedicação. Jacob estava convencido no final, mas pediu ajuda a ela para encontrar o trevo de quatro folhas da sorte apenas pelo desafio dessa missão.

Summary of the Story

Jacob is a little boy who had been searching for the legendary four-leaf clover in his garden. He wanted the luck that the item would grant him but as time passed and he had yet to find it he started to feel frustrated. His older sister joined him in the garden and asked why he was so upset. When he told her what was happening she told him that he didn't need luck and informed him that successful people relied on hard work rather than luck. When he asked her for examples of such people, she told him that he, his mother and herself were people who achieved success thanks to hard work and dedication. Jacob was convinced at the end but asked her for help at finding the lucky four-leaf clover just for the sake of it.

Perguntas sobre a história

1) Qual o nome da irmã mais velha do personagem principal?
    A. Ella
    B. Lily
    C. Leah
    D. Lola

2) O que Jacob estava procurando?
    A. Uma margarida
    B. Uma rosa
    C. Um trevo de quatro folhas
    D. Uma folha de hortelã

3) Por que ele queria achar isso?
    A. Para ter sorte
    B. Para a ciência
    C. Para decoração
    D. Para um jogo

4) Segundo Leah, as pessoas de sucesso confiam em quê?
    A. Sorte
    B. Ajuda
    C. Trabalho árduo
    D. Caridade

5) Leah pratica qual esporte?
    A. Basquete
    B. Futebol
    C. Basebol
    D. Lacrosse

QUESTIONS ABOUT THE STORY

1) What's the name of the main character's elder sister?
    A. Ella
    B. Lily
    C. Leah
    D. Lola

2) What was Jacob looking for?
    A. A daisy
    B. A rose
    C. A four-leaf clover
    D. A peppermint leaf

3) Why did he want to find it?
    A. For good luck
    B. For science
    C. For decoration
    D. For a game

4) According to Leah, what do successful people rely on?
    A. Luck
    B. Help
    C. Hard work
    D. Charity

5) What sport does Leah practice?
    A. Basketball
    B. Soccer
    C. Baseball
    D. Lacrosse

Answers

1) **C**
2) **C**
3) **A**
4) **C**
5) **A**

Capítulo 9. A vida não é um jogo

"Está demasiado **silêncio** aqui." Disse Charlie, abrindo caminho entre o corredor sujo e úmido. Era noite, as lâmpadas da estrada estavam piscando e a lua estava tapada pelas nuvens. Ele subiu uma escada de emergência enferrujada em direção ao **telhado**, se posicionou na extremidade e olhou através da mira de sua espingarda, buscando sinais de problemas.

Uns momentos mais tarde, os sons fortes de tiros fizeram se ouvir embaixo dele. Ele viu seu parceiro correndo de um edifício e buscando abrigo atrás de um **caminhão** e ele decidiu localizar a posição do **inimigo**. Quando ele viu o atirador que estava disparando em direção ao seu parceiro, ele apontou e o eliminou com um tiro na cabeça.

"Missão cumprida. Sua equipe venceu!" Anunciou o orador nos seus fones de ouvido, o retirando da atmosfera séria do **jogo**.

"Bom jogo, Chuck!" A voz de seu parceiro se fez ouvir através dos seus fones de ouvido, o felicitando por sua jogada habilidosa.

"Obrigado. Você também! Você quer jogar mais uma vez?" Perguntou Charlie.

"Não posso. Minha mãe está me chamando para almoçar. Talvez mais tarde!"

"Muito bem, até depois!" Disse Charlie antes de desligar. Ele abriu um jogo diferente e estava prestes a começar quando sua mãe também chamou por ele para almoçar. Ele suspirou, desapontado por ter que esperar até depois do almoço para jogar um pouco mais e tirou os fones de ouvido antes de colocar o computador no modo de suspensão.

Quando saiu do quarto, ele viu sua irmãzinha descendo as escadas para ir à cozinha almoçar, e de repente perdeu o senso de **realidade** e começou a ver o ambiente como o ambiente de um jogo.

Charlie caminhou furtivamente pelo corredor, se esgueirando atrás de armários e cadeiras, e desceu as escadas em silêncio. Quando estava mesmo nas costas de sua irmãzinha, ele bateu na parte de trás da cabeça dela com o dedo indicador, que estava esticado de uma maneira que fazia parecer uma **arma**.

"Pum! Apanhei você!" Ele disse.

"Pare com isso, seu malvado!" Disse sua irmãzinha, se virando para dar um tapa na mão dele.

"Você é uma péssima perdedora, Trixie!" Ele disse. "Uma **corrida** para chegar à sede!"

E, com isso, ele empurrou a irmã para o lado e correu para a cozinha. A irmã mais nova apenas revirou os olhos e caminhou calmamente para a cozinha.

"Mamãe, o Jacob está sendo um idiota de novo!" Ela reclamou choramingando enquanto se sentava no seu lugar.

"Trix, o que falamos de você chamar nomes ao seu irmão?" A mãe dela advertiu.

"Desculpe..." A garotinha pediu desculpas e apontou a **língua** para Charlie, que estava sorrindo para ela provocativamente.

"Obrigado por escolher o meu **clã**, grande mestre." Charlie disse à mãe. "E obrigado por essa refeição."

Sua mãe riu e abanou a cabeça para ele. "Não estou tomando partido de ninguém, Charles. Você não devia importunar sua irmã." Ela disse com um tom suave, mas rígido.

Charlie estremeceu quando ouviu o seu **nome**. "Eu não importunei ela! Eu estava apenas brincando com ela! Assim, olhe!" Ele pegou uma oliva da travessa, colocou em sua colher e depois dobrou a colher de forma a disparar a oliva em direção a Trixie quando largasse.

"Charles, não se atreva!" Avisou a mãe.

O rapaz suspirou e pousou a oliva e a **colher**. "Ninguém valoriza minha habilidade..."

Sua mãe suspirou e decidiu que havia chegado o momento de ter uma conversa séria com o menino. "Charlie, querido, você tem que parar de fingir que tudo é um jogo. Sua professora me chamou no outro dia e me disse que você brigou com seu colega de classe e se recusou a pedir desculpas."

"Isso foi diferente!"

"Quando você perguntou para ela o motivo de pedir desculpas e ela disse que você tinha magoado os sentimentos de seu amiguinho, qual foi sua resposta?"

"Eu perguntei como ela sabia se ela não tinha consultado as estatísticas dele..." Murmurou ele, evitando o **contato** visual.

"Sim, e eu acho que você está ciente de que as pessoas não podem... Exibir as estatísticas de outras pessoas, certo?"

"Sim, mãe."

"E você sabe que não deve atirar olivas na sua irmã, certo?"

"Sim."

"E você tem que parar de chamar a casa de nosso **vizinho** de "Território inimigo", é ofensivo."

"Mas o cão dele late sempre que eu e a Trix saímos para a **escola** de manhã!" Ele **respondeu**, em sua defesa.

"Charlie." Sua mãe o avisou.

"Está bem, eu não chamo isso mais..."

"Querido, eu não estou tentando fazer você se sentir mal. Mas se você continuar assim, você vai ter problemas." A mãe dele disse enquanto acariciava seu rosto com **amor**. "Eu fico preocupada com você, Charlie."

Ele se sentiu culpado por deixar sua mãe preocupada e sorriu timidamente para ela. "Me desculpe, mãe. Por vezes, eu me **esqueço**, mas eu prometo que vou me comportar a partir de agora."

"Ainda bem, senão a mamãe e o papai vão retirar seus jogos!" Ameaçou a irmã mais nova.

"Eles não podem me tirar os jogos online, **gênio**."

"Bem, então eles tiram o seu computador!"

"Vamos lá, meninos. Ninguém ficará sem os seus pertences se vocês se comportarem adequadamente e Charlie prometeu se portar bem." Disse a mãe. "No entanto, quem não comer a comida, não come **sobremesa**."

Os dois irmãos trocaram um olhar antes de voltar sua atenção para os pratos, que esvaziaram avidamente.

Vocabulary - Vocabulário

Silêncio: *silence*

Telhado: *roof*

Caminhão: *truck*

Inimigo: *enemy*

Jogo: *game*

Realidade: *reality*

Arma: *gun*

Corrida: *run*

Língua: *tongue*

Nome: *name*

Colher: *spoon*

Contato: *contact*

Vizinho: *neighbor*

Escola: *school*

Respondeu: *answered*

Amor: *love*

Esqueço: *forget*

Gênio: *genius*

Sobremesa: *dessert*

Clã: *clan*

Resumo da História

Charlie é um pequeno rapaz que é obcecado por videogames. Ele estava jogando um jogo online com um amigo e ficou tão imergido no jogo que ficou surpreendido quando o computador anunciou sua vitória. Quando ele foi chamado para almoçar, ele não foi capaz de abandonar seu personagem de jogador e se comportou como se ainda estivesse jogando. Sua irmã mais nova ficou aborrecida com o seu comportamento e ela informou a mãe, que então o advertiu. A mãe dele pediu que ele parasse de agir como se tudo na vida estivesse relacionado a videogames e Charlie prometeu que iria se comportar.

SUMMARY OF THE STORY

Charlie is a little boy who is obsessed with video games. He had been playing an online game with a friend and he was so immersed in it that he was surprised when the computer announced that he had won. When he was called down to lunch, he couldn't shake off the Gamer's persona and behaved as if he was still playing a game. His little sister was bothered by his behavior and she informed their mother who then proceeded to admonish him. His mother asked him to stop acting like everything in life was related to video games and Charlie promised that he would be good.

PERGUNTAS SOBRE A HISTÓRIA

1) **Qual o nome do personagem principal?**
   A. Trixie
   B. Jacob
   C. Riley
   D. Charlie

2) **O que o personagem principal gosta de fazer?**
   A. Jogar cartas
   B. Jogar futebol
   C. Jogar jogos de tabuleiro
   D. Jogar videogames

3) **Qual era o seu papel no jogo que ele estava jogando no início da história?**
   A. Franco-atirador
   B. Super-herói
   C. Dragão
   D. Jogar de futebol

4) **Segundo ele, como as pessoas podem saber o que as outras pessoas estão sentido?**
   A. Perguntando
   B. Adivinhando
   C. Observando suas estatísticas
   D. Perguntando a seu melhor amigo

5) **O que ele prometeu à sua mãe?**
   A. Que ele iria se comportar melhor
   B. Que ele iria terminar sua comida
   C. Que ele iria fazer os trabalhos para casa
   D. Que ele iria dormir cedo

QUESTIONS ABOUT THE STORY

1) What's the name of the main character?
    A. Trixie
    B. Jacob
    C. Riley
    D. Charlie

2) What did the main character like doing?
    A. Playing cards
    B. Playing soccer
    C. Playing board games
    D. Playing video games

3) What was his role in the game he had been playing at the beginning of the story?
    A. A sniper
    B. A super hero
    C. A dragon
    D. A soccer player

4) According to him, how can people know what other people are feeling?
    A. By asking them
    B. By guessing
    C. By looking at their stats
    D. By asking their best friend

5) What did he promise his mother?
    A. That he would behave better
    B. That he would finish his food
    C. That he would do his homework
    D. That he would sleep early

Answers

1) D
2) D
3) A
4) C
5) A

Capítulo 10. Barco em uma garrafa

Em uma tarde nublada, um senhor e sua **neta** entraram em uma loja de presentes perto do mar. Enquanto o senhor foi falar com o proprietário da **loja**, a garotinha aproveitou a oportunidade para percorrer a loja. Ela admirou as lembrancinhas que pareciam lembranças de viagens a mundos diferentes.

Ela viu alguns sinos de vento de cores e tamanhos diferentes, indicando que haviam sido **coletados** ao longo dos anos em vez de fornecidos em lotes de uma fábrica. Ela passou a mão por eles e apreciou o som suave do tinido antes de passar para o próximo item que chamou sua atenção, os apanhadores de sonhos. Esses objetos circulares tinham redes de diferentes padrões entrelaçados, com miçangas coloridas e belas penas penduradas no lado inferior. Cada apanhador de sonhos parecia único e **diferente** dos outros. Depois de ter olhado para eles por tempo suficiente, ela se virou para as bonitas bonecas matrioskas que estavam expostas em uma prateleira dedicada a elas. Ela sorriu com carinho perante sua beleza e suas cores. Embaixo havia ovos de joias forrados com **ouro** e prata e incrustados com várias gemas que brilhavam na penumbra. Pareciam muito caros e ela se perguntou o que eles estavam fazendo em uma loja de presentes ao invés de uma joalheria.

Contudo, o que mais chamou a atenção da garotinha foram os barcos dentro de **garrafas** no canto da loja. Eles estavam expostos em uma estante de modo que cada barco ocupasse uma prateleira. Alguns eram maiores que os outros, mas todos inspiravam a mesma **emoção**: admiração.

"Você encontrou algo que gosta, Aria?" Seu avô perguntou do outro lado da loja onde estava o balcão.

"Estou apenas olhando!" Ela respondeu sem tirar o olhar dos barcos engarrafados. "Como...?" Ela murmurou para ela própria.

Como eram feitos esses itens? Era isso que ela queria dizer. Como as pessoas conseguiram inserir barcos daquele tamanho através da abertura pequena das garrafas arrolhadas?

O lojista e seu avô foram até onde ela estava e, quando o avô passou os braços em volta dos ombros dela, o outro homem pegou uma das garrafas.

"Você está se questionando como esses artigos foram feitos, certo?" Ele lhe perguntou com uma **expressão** doce.

"Sim! Como você sabia?"

O senhor riu e bateu levemente na cabeça da menina. "Todo o mundo faz essa pergunta quando veem esses artigos." Ele disse, segurando a garrafa para ela.

Aria estendeu os braços e pegou a garrafa de suas mãos. Ela **segurou** a garrafa ao nível dos olhos semicerrados, para absorver todos os **detalhes** do barco. Era feito de madeira e as velas pareciam ser feitas de papel. Tudo no barco parecia muito realista, desde o nome **pintado** na lateral do barco ao **ninho** de corvo no seu ponto mais alto.

"Bem... Você sabe como foi feito?" Perguntou a menina com curiosidade ao lojista, devolvendo o objeto precioso.

O velho acenou com a cabeça e, depois de colocar a garrafa de novo no seu lugar da **prateleira**, ele voltou sua atenção para Aria. "Existem pessoas que acreditam que, há muito tempo, quando os marinheiros esqueciam suas garrafas abertas antes de dormir, pequenas criaturas saíam de seus esconderijos e começavam a construir barcos que flutuavam sobre qualquer líquido que estivesse na garrafa. Quando a luz da manhã secava o líquido, as criaturas desapareciam após a conclusão da tarefa e apenas o barco ficava **dentro** da garrafa, tornando-o inadequado para uso. Os marinheiros não podiam fazer outra coisa a não ser usar os barcos engarrafados como peças de decoração ou os vender aos turistas."

Maravilhada com a lenda, Aria ficou em silêncio durante todo o discurso do lojista.

"No entanto," Retomou o velho. "Os humanos começaram a recriar o trabalho dessas pequenas criaturas e começaram a fazer eles próprios esses **modelos**. Na verdade," Ele disse, olhando para o avô da menina. "Seu avô sabe como fazer esses artigos. Todos eles foram feitos pelo seu avô!"

Aria soltou um suspiro de espanto e olhou para o seu avô. "Sério?" Ela suspirou.

O avô riu e abraçou a menina. "É verdade. Podemos **fazer** um quando chegarmos em casa, se você quiser." Ele disse para ela.

"Sim, **por favor**!" Ela disse com muito entusiasmo.

Fiel às suas palavras, quando os dois chegaram em sua casa, o avô pegou madeira, **papel**, cola e outros acessórios que eram necessários para construir o modelo.

"Primeiro, vamos fazer a base do barco." Disse o seu avô, pegando um pedaço de madeira e começando a talhar para lhe atribuir a forma certa antes de pintá-la em um tom de castanho profundo. "Depois, começamos por deslizar a base do barco para dentro da garrafa. Vamos montar as diferentes peças do barco no interior da garrafa."

Ele fez isso e depois pediu para a neta desenhar o formato das **velas** no papel. "Agora corte o papel enquanto eu ato o fio que irá representar as cordas na base do barco."

Os dois trabalharam em silêncio, cada um absorvido na sua tarefa e, quando chegou o momento de dar o toque final, o avô usou dois ganchos de metal longos para puxar os fios amarrados às velas e, com um puxão rápido, as velas se abriram e a peça estava **completa**.

"Um último detalhe apenas." Ele disse segurando a rolha. "Você gostaria de fazer as honras?"

"Com todo o prazer!" Aria pegou o pedaço de madeira da mão de seu avô e o inseriu na abertura da garrafa de vidro. "Aí. Está feito!"

Vocabulary - Vocabulário

Neta: *granddaughter*

Loja: *store*

Coletados: *collected*

Diferente: *different*

Ouro: *gold*

Garrafas: *bottles*

Emoção: *emotion*

Expressão: *expression*

Segurou: *held*

Detalhes: *details*

Pintado: *painted*

Ninho: *nest*

Prateleira: *shelf*

Dentro: *inside*

Modelos: *models*

Papel: *paper*

Velas: *sails*

Completa: *completed*

Fazer: *do*

Por favor: *please*

Resumo da História

Aria e seu avô visitaram uma loja de presentes perto do mar e, quando o avô foi falar com o lojista, ela vagou pela loja e admirou os itens em exposição nas prateleiras. Ela viu sinos de vento, apanhadores de sonhos, ovos de joias e até bonecas russas, mas o que mais lhe interessou foi uma coleção de barcos dentro de garrafas em exposição em um canto da loja. O lojista contou à menina uma lenda sobre como os primeiros artigos desse tipo haviam sido feitos por pequenas criaturas e depois informou que alguns humanos aprenderam a imitar seu trabalho, inclusive o seu avô e, quando ela e o avô foram para casa, ele ensinou a neta a fazer o modelo de um barco engarrafado.

Summary of the Story

Aria and her grandfather went to a gift shop by the sea and while her grandfather spoke to the shopkeeper, she wandered around and admired the items that were displayed on the shelves of the shop. She saw wind chimes, dream catchers, jeweled eggs and even Russian dolls but what caught her interest the most was a collection of ships in bottles displayed in a corner in the shop. The shopkeeper had told her a legend about how the first items of that kind were made by tiny creatures and then informed her that some humans learned to mimic their work, her grandfather included and when she and her grandfather went home, he taught her how to make a model of a bottled ship.

Perguntas sobre a história

1) Qual o nome da personagem principal?
    A. Andria
    B. Aleah
    C. Alia
    D. Aria

2) Onde ela estava no início da história?
    A. Em uma loja de brinquedos
    B. Em uma joelharia
    C. Em uma loja de bugigangas
    D. Em uma padaria

3) Com quem ela estava?
    A. Seu avô
    B. Sua mãe
    C. Sua tia
    D. Seu irmão

4) Quais dos seguintes objetos não estavam na loja?
    A. Baú de madeira talhado
    B. Apanhador de sonhos
    C. Barco em uma garrafa
    D. Sino de vento

5) O que ela e seu avô fizeram quando chegaram em casa?
    A. Eles fizeram um barco dentro de uma garrafa
    B. Eles jantaram
    C. Eles fizeram um papagaio de papel
    D. Eles assistiram a um filme

QUESTIONS ABOUT THE STORY

1) **What's the name of the main character?**
    - **A.** Andria
    - **B.** Aleah
    - **C.** Alia
    - **D.** Aria

2) **Where was she at the beginning of the story?**
    - **A.** In a toys' store
    - **B.** In a jeweler's shop
    - **C.** In a trinket shop
    - **D.** In a bakery

3) **Who was she with?**
    - **A.** Her grandfather
    - **B.** Her mother
    - **C.** Her aunt
    - **D.** Her brother

4) **Which of these objects wasn't in the shop?**
    - **A.** Carved wooden chest
    - **B.** Dreamcatcher
    - **C.** Ship in a bottle
    - **D.** Wind chime

5) **What did she and her grandfather do when they went home?**
    - **A.** They made a ship in a bottle
    - **B.** They had dinner
    - **C.** They made a kite
    - **D.** They watched a movie

ANSWERS

1) **D**
2) **C**
3) **A**
4) **A**
5) **A**

Capítulo 11. Doces em todas as refeições?

A casa dos Walter estava em silêncio, exceto pelos sons dos **garfos** batendo nos pratos. Toda a família estava reunida para desfrutar de mais um almoço em conjunto e, embora eles falassem de vez em quando, eles estavam **principalmente** concentrados em comer sua comida.

Jayden, o membro mais novo da família espetou o garfo em um pedaço de **cenoura** e olhou para ele com curiosidade. O sabor não era ruim e ele nunca tivera problemas em comer seus vegetais, mas ele não achava tão bom quanto chocolate ou doces.

"Há algum problema com sua comida, filho?" Seu pai, que havia feito o almoço nesse dia, perguntou quando o viu olhando o pedaço de cenoura.

"Não, está boa." Disse Jayden colocando o vegetal na boca.

"Então, por que estava olhando assim para a comida?" Sua mãe perguntou.

O menino encolheu com indiferença. "Eu não entendo."

Sua resposta vaga não esclareceu nada para os seus pais e o pai perguntou o que ele não entendia **exatamente**.

Jayden acabou de mastigar a comida antes de responder. "Bem, por que temos que comer legumes, carne, macarrão e tudo isso quando podemos apenas comer coisas saborosas?"

"Você não acha o macarrão saboroso? Eu pensei que você gostasse de espaguete com almôndegas." Disse o seu pai. "Você disse que estava saboroso na última vez que comemos."

"Sim, não era ruim…" Ele suspirou antes de comer um brócolis de seu **prato**.

Seus pais se entreolharam e sua mãe perguntou o que ele queria dizer com coisas saborosas.

"Bem, vocês sabem…" Ele pousou o garfo e olhou para os seus pais. "Barras de chocolate, pirulitos e ursinhos de goma. Coisas saborosas como essas. Por que não podemos comer isso em todas as **refeições**? Apenas comemos em dias de **festa**."

"Bem, porque são alimentos pouco nutritivos." Disse o seu pai.

Jayden não sabia o significado de nutritivo e ficou olhando para o pai, que percebeu a **dica**, e começou a explicar em termos simples.

"Você não tem vitaminas e proteínas nos doces. Basicamente, é apenas açúcar... bem, e também há alguma gordura no chocolate e em outros tipos de doces."

"Eu pensei que o açúcar nos dava energia." Jayden argumentou.

"Bem, sim, mas apenas em pequenas quantidades. E existem alguns açúcares mais complexos que fornecem energia de uma forma mais adequada e você pode achar esses açúcares nas batatas e no macarrão." A mãe de Jayden explicou enquanto **apontava** para o seu prato.

Ele observou sua dose de purê de batata no seu prato e comeu uma garfada antes de se voltar de novo para os seus pais. "Haylee toma aquelas pílulas que contêm **vitaminas**." Ele disse, apontando com o garfo para a irmã mais velha. "Por que não podemos tomar isso em vez de comer vegetais? Assim temos as nossas vitaminas e guardamos espaço em nossas barrigas para os doces."

"Bem, essas pílulas se chamam suplementos e são usadas apenas como uma ajuda. A Haylee ainda come todos os seus vegetais e outros alimentos, **correto**?" Sua mãe respondeu.

"Acho que sim..."

"E os suplementos não contêm fibras. As fibras são muito importantes porque ajudam sua barriga a digerir os alimentos. Se você não ingerir fibra suficiente, você poderá ficar com dores de barriga." Seu pai **acrescentou**.

"E mesmo quando você come sua comida, você ainda pode ficar com dores de barriga se comer muitos doces e balas. Lembra daquela vez que você comeu metade do bolo no aniversário da sua avó?" Sua mãe perguntou arqueando a sobrancelha propositadamente.

Jayden estremeceu perante a lembrança. Ele não só ficou com uma terrível dor de barriga, como também teve que tomar um remédio amargo repugnante para **melhorar**. Ugh! "Sim. Eu me lembro disso."

"E os doces engordam!" Disse a sua irmã mais velha, falando pela primeira vez desde o início da conversa.

Jayden franziu a testa e olhou para ela com curiosidade. Como pode alguém engordar com um pequeno pedaço de caramelo? Ele olhou para o seu prato que estava ainda meio **cheio**. Se as pessoas engordassem seria apenas pela enorme quantidade de comida que comem em cada refeição. "Acho que você também pode engordar com macarrão e purê de batata..." Ele respondeu.

Sua irmã revirou os olhos, mas foi sua mãe quem respondeu. "Você precisa de alguns carboidratos que você obtém com o macarrão, as batatas e o pão, e outros alimentos desse gênero. Então, seu corpo leva algum tempo para transformar os carboidratos em **açúcar**, para que você não engorde com eles, a menos que coma mais do que deveria. Os vegetais não contêm muito açúcar e a carne não contém açúcar de todo. Mas os doces são açúcar puro e, a menos que você esteja fazendo alguma atividade que queimará esse açúcar rapidamente, seu corpo o armazenará como gordura. De fato, comer alimentos **saudáveis** ajuda a manter a forma porque você enche sua barriga de coisas que são boas para o seu corpo e você fica cheio demais para comer barrinhas de chocolate." Ela disse, beliscando sua bochecha de forma divertida.

"Entendo que o macarrão e as batatas me dão energia e que os vegetais mantêm o meu estômago saudável, mas e então a carne?" O garotinho perguntou em tom de desafio. Claro, a carne era saborosa, mas não era melhor do que doces.

"A carne ajuda você a crescer. As pessoas que têm músculos grandes comem muita carne, **peixe** e ovos, para retirar deles a proteína. Assim como o leite ajuda os seus ossos a ficarem mais fortes, a carne ajuda também os seus músculos." Seu pai respondeu, flexionando o braço para mostrar a Jayden seu bíceps.

Bem, Jay teve que **admitir** que a ideia de ter músculos como o pai era muito legal e ele queria crescer alto e forte como ele. Ele olhou para o prato, pegou o garfo e voltou a comer sua **comida**. Depois de terminar o prato, ele olhou para o pai e perguntou: "Então, o que há para sobremesa?"

Todos na mesa abanaram a cabeça para ele com exasperação.

"Salada de frutas." Disse o seu pai.

A expressão de desilusão de Jayden fez toda a **família** rir.

Vocabulary - Vocabulário

Garfos: *forks*

Principalmente: *mainly*

Cenoura: *carrot*

Exactamente: *exactly*

Prato: *plate*

Refeições: *meals*

Festa: *party*

Apontava: *pointed*

Vitaminas: *vitamins*

Acrescentou: *added*

Melhorar: *improve*

Cheio: *full*

Açúcar: *sugar*

Saudáveis: *healthy*

Peixe: *fish*

Admitir: *admit*

Comida: *food*

Família: *family*

Correto: *correct*

Dica: *hint*

Resumo da história

A família de Jayden estava reunida na mesa da cozinha para o almoço e todos eles comeram em silêncio até que ele falou. Ele perguntou aos pais por qual motivo não poderiam simplesmente comer doces em cada refeição, ao invés de vegetais, macarrão e carne. Embora ele não odiasse o sabor desses alimentos, ele achava que os doces tinham um sabor muito melhor e ele preferia comer isso. Seus pais lhe explicaram que esses alimentos têm nutrientes que seu corpo precisava para crescer e se manter saudável: Os vegetais tinham vitaminas e fibras que ajudavam sua digestão, as massas tinham carboidratos que lhe davam energia e a carne tinha proteínas que ajudavam seus músculos a crescer. Jayden finalmente ficou satisfeito com a resposta, mas ainda ficou decepcionado quando soube que não haveria bolo de chocolate para sobremesa.

SUMMARY OF THE STORY

Jayden's family was gathered at the kitchen table for lunch and they all ate silently until he spoke. He asked his parents why they couldn't simply eat candy at every meal instead of eating vegetables, pasta and meat. Though he didn't hate the taste of those things, he thought that candy tasted much better and he would have preferred to eat that. His parents explained to him that those foods have nutrients that his body needed to grow and stay healthy: Vegetables had vitamins and fibers that helped his digestion, pasta had carbs that give him energy and meat had protein that helps his muscles grow. Jayden was eventually satisfied with their answer but was still disappointed when he learned there would be no chocolate cake for descrt.

Perguntas sobre a história

1) **Qual o nome do personagem principal?**
   - **A.** Haylee
   - **B.** Jayden
   - **C.** Bobby
   - **D.** Riley

2) **Onde ele estava no início da história?**
   - **A.** Na cozinha
   - **B.** Na sala de estar
   - **C.** No banheiro
   - **D.** No jardim

3) **O que ele queria comer?**
   - **A.** Doces
   - **B.** Massa
   - **C.** Bananas
   - **D.** Frango

4) **Segundo o pai de Jayden, o que ajuda a digestão?**
   - **A.** Vitaminas
   - **B.** Carboidratos
   - **C.** Fibras
   - **D.** Proteína

5) **O que o pai do Jayden fez para sobremesa?**
   - **A.** Cheesecake
   - **B.** Torta de maçã
   - **C.** Bolo de chocolate
   - **D.** Salada de frutas

QUESTIONS ABOUT THE STORY

1) **What is the name of the main character?**
   - **A.** Haylee
   - **B.** Jayden
   - **C.** Bobby
   - **D.** Riley

2) **Where was he at the beginning of the story?**
   - **A.** In the kitchen
   - **B.** In the living room
   - **C.** In the bathroom
   - **D.** In the garden

3) **What did he want to eat?**
   - **A.** Candy
   - **B.** Pasta
   - **C.** Bananas
   - **D.** Chicken

4) **According to Jayden's father, what helps with digestion?**
   - **A.** Vitamins
   - **B.** Carbs
   - **C.** Fibers
   - **D.** Protein

5) **What did Jayden's father make for dessert??**
   - **A.** Cheesecake
   - **B.** Apple pie
   - **C.** Chocolate cake
   - **D.** Fruit salad

ANSWERS

1) B
2) A
3) A
4) C
5) D

Capítulo 12. Em segurança

Eleanor bateu com os dedos na mesa assistindo ao progresso de seu download na tela do computador. Ela achou alguns jogos muito legais online e pensou que essa seria uma boa forma dela passar as férias de **verão** quando estivesse calor demais para brincar no lado de fora. Contudo, depois de ver as descrições dos jogos, ela ficou emocionada e queria testar de imediato. O único problema é que eles demoravam muito tempo para baixar e ela estava começando a **perder** a paciência.

"Ughhh!" Ela rosnou em frustração. "Vamos lá! Mais rápido, por favor!"

Sua irmã mais velha, que passeava pelo quarto naquele momento, ficou curiosa e bateu na porta aberta do quarto. "Posso entrar?" Ela perguntou.

"Claro..." Respondeu Eleanor distraidamente.

"Qual é o problema, Elle?" Sua irmã perguntou, se sentando na extremidade da cama.

"É a conexão à internet que é estupidamente **lenta**! Estou há séculos esperando que esses arquivos sejam baixados!" Respondeu a garota com fúria.

"Você está baixando arquivos? Eles são de uma fonte segura?" Sua irmã perguntou colocando o **cabelo** atrás da orelha enquanto se inclinava para olhar a tela do computador.

Eleanor encolheu os ombros e disse que ela não tinha verificado a **fonte**. "Eu nem sei a diferença entre uma fonte segura e uma fonte não segura."

"Bem, deixe eu lhe **mostrar**." Sua irmã se levantou e ficou em pé atrás de sua cadeira. Depois, ela se inclinou para a frente e pegou no mouse. Ela entrou em um site e passou o cursor na parte superior do navegador onde havia sido digitado o link para o site. "Vê esse cadeado verde? Isso significa que o site onde você está é seguro e foi verificado. Tudo o que você obtiver desse site não irá prejudicar seu computador." Ela informou, antes de pedir para a irmã **acessar** o site onde ela estava baixando seus jogos.

"Olhe! Tem um cadeado verde!" Disse a garota, apontando seu dedo para o ícone.

Sua irmã acenou com a cabeça antes de fechar a aba. "Sim, esse site também é **seguro**, bem como seus jogos."

Eleanor acenou em jeito de entendimento. "O que acontece se eu **baixar** coisas de sites não verificados?"

"Bem, depende. Por vezes, dá tudo certo. Se você tiver sorte, nada de ruim acontece, mas por vezes você pode pegar vírus em seu **sistema**."

Elle inclinou a cabeça com curiosidade e perguntou à irmã o que são vírus e como eles funcionam. "Eu sempre ouvi falar deles, mas eu nunca entendi o que são exatamente vírus de computador."

"Bem, um vírus de computador é um tipo de malware. Como outros malwares, um vírus é um programa que acompanha outros programas. Nesse caso, um vírus pode acompanhar um dos jogos que você está baixando e se copiar para o seu sistema. Ele é capaz de executar instruções prejudiciais que podem danificar seus **arquivos** e deixar seu computador mais lento."

"Ah! É mais ou menos o que acontece quando pegamos um resfriado, certo? Ele entra dentro de nosso organismo e nos deixa **doentes** e acamados." A garotinha observou.

"Sim! De fato, é por isso que esse tipo de malware é chamado de vírus. Porque atua do mesmo jeito que uma gripe ou resfriado." Disse sua **irmã**.

"Você continua dizendo 'esse tipo de malware', quais são os outros tipos?" Elle disse, se inclinando para a frente na sua cadeira.

"Bem, existem muitos outros tipos. Um deles é um tipo que é chamado de cavalo de troia. Você conhece a história do cavalo de Troia?"

Ela abanou a cabeça indicando que não conhecia.

"Dizem que a esposa do rei de Esparta, Helen, foi sequestrada e levada para Troia. Isso fez com que o rei de Esparta pedisse ajuda à Grécia, que concordou em resgatar sua esposa. Agora, a cidade de Troia estava protegida por grandes muralhas e não era facilmente acessível, então o general grego Odysseus pensou em um **truque** para entrar e salvar Helen com seus guerreiros. E assim, os gregos construíram um enorme cavalo de madeira e o deixaram fora dos portões de Troia como presente e o exército fingiu que havia partido. Os Troianos, felizes com sua vitória, arrastaram o cavalo para o interior da cidade e o colocaram em exposição. À noite, quando todo o mundo estava dormindo, alguns **guerreiros** que estavam escondidos no interior do cavalo saíram e abriram os portões de Troia para o restante exército e, a partir daí, você pode **adivinhar** quem venceu essa guerra."

Elle escutou o conto com grande fascínio e perguntou como isso estava relacionado com o malware.

"O malware cavalo de troia funciona de modo semelhante. Ele se disfarça de um software inofensivo para fazer com que você o baixe e instale. Depois de estar no seu sistema, ele pode dar aos invasores acesso não **autorizado** ao seu computador e eles podem espionar você, roubar seus arquivos e até baixar mais malwares no seu computador."

"Oh... Isso é horrível!" Disse Eleanor olhando para a tela do computador. Seu download ainda estava em progresso e ela voltou sua atenção para a irmã. "Como eu posso proteger meu computador de malware?"

"Você pode usar um software antivírus. Eles geralmente **avisam** você quando está prestes a baixar algo suspeito e você pode até usar esse software para eliminar os malwares que já estejam em seu computador. Como eu disse antes, evite acessar sites que não sejam verificados e seguros e não baixe nada de uma fonte desconhecida. E se você tiver arquivos importantes no seu computador, faça uma cópia de segurança e copie para uma unidade online ou armazene em um pendrive, para não perder esses arquivos caso algo aconteça com o sistema do computador"

Eleanor assentiu avidamente e **agradeceu** à irmã por suas explicações. "Tudo faz muito mais sentido agora."

Ela se voltou para o seu computador e descobriu que seus jogos já estavam baixados e ela estava emocionada por começar a instalação. Agora que ela estava segura de que não eram prejudiciais para o seu computador, ela podia os **apreciar** ainda mais.

Vocabulary - Vocabulário

Verão: *summer*

Perder: *lose*

Lenta: *slow*

Cabelo: *hair*

Fonte: *source*

Mostrar: *show*

Acessar: *access*

Seguro: *safe*

Baixar: *download*

Sistema: *system*

Arquivos: *files*

Doentes: *sick*

Truque: *trick*

Guerreiros: *warriors*

Adivinhar: *guess*

Avisam: *warn*

Agradeceu: *thanked*

Apreciar: *appreciate*

Autorizado: *authorized*

Irmã: *sister*

Resumo da história

Eleanor estava sentada à mesa do seu computador, esperando que seus jogos terminassem de baixar. Estava demorando muito tempo e ela estava perdendo sua paciência. Sua irmã mais velha passou por seu quarto e lhe perguntou qual era o problema e, depois que Eleanor explicou, sua irmã perguntou se ela sabia se a fonte do download era segura. Eleanor disse que não sabia e depois de verificarem e garantirem que seus downloads não eram suspeitos, sua irmã mais velha lhe falou de dois tipos de malware, vírus e cavalos de troia e como eles poderiam danificar seu sistema.

SUMMARY OF THE STORY

Eleanor was sitting at her computer desk, waiting for her games to finish downloading. It was taking a lot of time and she was losing her patience. Her elder sister passed by her room and asked her what was the matter and after Eleanor explained her sister asked her if she was sure that the source of her download was secure. Eleanor told her that she didn't know and after checking and making sure that her downloads were not suspicious, her elder sister told her about two types of malware, Viruses and Trojans and how they could harm her system.

Perguntas sobre a história

1) Qual o nome da personagem principal?
    A. Ellen
    B. Eliza
    C. Eleanor
    D. Elise

2) O que ela estava baixando no início da história?
    A. Música
    B. Imagens
    C. Filmes
    D. Jogos

3) Quem se juntou a ela em seu quarto?
    A. Sua irmã
    B. Sua avó
    C. Sua tia
    D. Sua mãe

4) Segundo o texto, qual a cor do ícone que indica que um site é seguro?
    A. Azul
    B. Marrom
    C. Verde
    D. Vermelho

5) Qual dos seguintes malwares foi mencionado no texto?
    A. Adware
    B. Spyware
    C. Worm
    D. Cavalo de troia

QUESTIONS ABOUT THE STORY

1) What is the name of the main character?
    A. Ellen
    B. Eliza
    C. Eleanor
    D. Elise

2) What was she downloading at the beginning of the story?
    A. Music
    B. Images
    C. Movies
    D. Games

3) Who joined her in her room?
    A. Her sister
    B. Her grandmother
    C. Her aunt
    D. Her mother

4) According to the text, what is the color of the icon that indicates that a website is secure?
    A. Blue
    B. Brown
    C. Green
    D. Red

5) Which of these malwares was mentioned in the text?
    A. Adware
    B. Spyware
    C. Worm
    D. Trojan horse

Answers

1) C
2) D
3) A
4) C
5) D

Capítulo 13. Pequenino

O sol banhou o mundo com seu calor e seu **brilho** se refletia nas flores em pleno **florescimento**. Nessa bela manhã, uma garotinha estava contemplando o jardim vivaz de sua avó da cadeira da janela de seu quarto com um copo de limonada na mão. Ela suspirou com felicidade depois de inspirar fundo o ar fresco que transportava os aromas doces das plantas e inclinou sua cabeça para fora da janela, se sentindo em casa, em **paz**.

Subitamente, um pequeno movimento irregular chamou sua atenção e quando ela olhou para a origem do movimento, ela viu que era uma pequena **aranha** pendurada em um fio que estava sendo transportada pela brisa.

Felicity sorriu perante sua visão peculiar e recordou um filme que ela tinha assistido não muito tempo atrás com seus avós.

"Essa aranha é igual aos ladrões que desceram do teto para roubar a joia do museu real." Pensou ela enquanto assistia ao pequeno animal se afastando dela, indo em direção ao desconhecido. Ela voltou o olhar para o vaso de plantas que ficava logo embaixo da janela e observou uma abelha que enfiou a cabeça em uma flor e riu. "Que criaturinha **palerma**!" Ela disse, observando o pequeno inseto voador se agitando dentro da flor. As abelhas trabalham arduamente!

A garotinha suspirou e pensou que a vida deve ser muito interessante para os insetos. Ela se questionou como seria ver as coisas de sua **perspectiva**. Tudo deve parecer enorme e as pequenas lâminas de grama deveriam parecer uma grande selva para os pequenos insetos no jardim de sua avó.

"Quem me dera poder diminuir de tamanho por um dia..." Ela pensou com um bocejo preguiçoso antes de adormecer contra a **janela**.

Quando ela acordou, ela ainda estava na cadeira da janela dentro da casa de sua avó, mas ela estava muito mais pequena do que se lembrava.

"Cuidado com aquilo que desejas, não é...?" Ela murmurou, olhando em redor com fascínio. Mas ela não sentia **remorsos**. Ela estava emocionada com essa nova **mudança** e mal podia esperar para ver como iria ser o seu dia. Ela passou algum tempo observando aquilo que a rodeava. Tudo parecia diferente. O, agora morno, copo de limonada que ela bebia antes parecia uma torre e a cadeira da janela parecia tão grande quanto uma estrada. Os raios de sol que brilhavam através do copo eram bastante brilhantes e quentes e ela teve cuidado para estar nas áreas menos intensas. A brisa leve que ela havia sentido antes se havia transformado em um vento forte que fazia seu cabelo agitar em padrões loucos.

Quando ela se voltou para enxergar seu quarto, ela não podia ver muito além da vasta **extensão** de sua cama. O ursinho de pelúcia parecia uma enorme estátua e ela desistiu da ideia de explorar o quarto assim que essa ideia surgiu. Ela queria ver como era o mundo lá fora e ela não **sabia** se seria capaz de voltar a subir na cadeira da janela se ela saísse agora.

E assim, ela se virou para a janela e olhou para ver se conseguia encontrar a maneira mais fácil de descer para o jardim e sua busca logo foi premiada com êxito. Ela caminhou em **direção** ao lado esquerdo da janela e testou os caules da planta que se retorciam pelas paredes da casa dos avós e, quando teve certeza de que eram suficientemente resistentes, desceu por eles.

O aroma fresco de grama cortada atingiu seus sentidos e ela caminhou ao longo da grama, afastando as lâminas de grama com suas mãos. Ela olhou para a sua **direita** e viu uma fila de formigas caminhando a passos rápidos. A maioria das formigas estava segurando algum tipo de grão que tinha o dobro de seu **tamanho** e ela assistiu com admiração.

Quando a fila de formigas se afastou, ela continuou andando e o próximo inseto que enxergou foi uma centopeia. Ela soltou um suspiro **assustado**, pois o inseto parecia muito mais intimidador agora que ela era pequena e decidiu ficar quieta e em silêncio, fingindo nem existir até que o caminho estivesse livre. Quando o inseto com mais pernas do que ela podia contar passou, ela voltou a **caminhar** pelo jardim. "Uau..." Ela suspirou maravilhada quando ela viu uma libélula levantar voo. Ela muito bonita e ela se sentiu sortuda por ter visto essa criatura tão próxima.

Caminhando pelo jardim, ela cruzou também com uma criatura menos bonita. Ela retorceu os lábios com nojo quando uma lesma rastejou na frente dela, deixando um rastro de baba que ela teve que **atravessar** para continuar. "É o que é..." Ela disse para ela mesma enquanto colocava cuidadosamente um pé após o outro sobre o rastro de baba. **No**

entanto, como estava ocupada tentando não sujar seus sapatos com essa **substância** imunda, ela não viu o louva-a-deus gigante que pairava sobre ela e, quando se virou, viu que ele a atacava. Em uma fração de segundo, antes mesmo de poder gritar, ela se viu no meio do ar. Quando ela olhou para cima, ela apenas conseguia ver as asas grandes e coloridas de uma borboleta. O inseto depositou a menina no parapeito da janela e inclinou a cabeça antes de voar para longe.

"Obrigada por me **salvar**!" Gritou Felicity, acenando com a mão para a borboleta.

"Já chega de emoção por hoje..." Ela disse para si mesma fechando a cortina antes de subir na cama e se acomodar ao lado do enorme urso de pelúcia. Ela decidiu tirar uma soneca depois de sua cansativa caminhada pelo jardim gigante. Fechou os olhos e, de alguma forma, ela sabia que quando os abrisse novamente, ela retomaria seu tamanho normal de novo.

Vocabulary - Vocabulário

Brilho: *shine*

Florescimento: *bloom*

Paz: *peace*

Aranha: *spider*

Palerma: *silly*

Perspetiva: *perspective*

Janela: *window*

Remorsos: *regret*

Mudança: *change*

Extensão: *extension*

Sabia: *knew*

Direita: *right*

Tamanho: *size*

Assustado: *scared*

Substância: *substance*

Salvar: *save*

No entanto: *however*

Caminhar: *walk*

Direção: *direction*

Atravessar: *cross*

Resumo da História

Felicity estava sentada na cadeira da janela em seu quarto na casa dos avós tomando um copo de limonada. Ela contemplou com felicidade a vista do jardim de sua avó em flor e estava relaxando quando viu uma pequena aranha pendurada em sua teia passando por ela. O animal lembrou a garotinha de uma cena de um filme e ela se questionou como seria ser tão pequena quanto um inseto. Ela adormeceu encostada à janela e quando acordou descobriu que seu corpo estava muito diferente: ela era tão pequena quanto uma formiga! Felicity aproveitou seu novo tamanho para explorar o jardim com uma nova perspectiva e ela se deparou com diferentes insetos, como uma libélula, uma lesma e até um louva-a-dcus, quc quase se alimentou dela até que ela foi salva por uma borboleta que a levou de volta para a janela de seu quarto. Felicity decidiu que bastava de exploração e tirou uma soneca, sabendo que iria recuperar seu tamanho normal quando acordasse.

SUMMARY OF THE STORY

Felicity was settled in the window seat in her room at her grandparents' house with a glass of lemonade. She happily admired the sight of her grandmother's garden in full bloom and was relaxing as she watched it until a little spider that was hanging on its thread flew by her. The insect reminded the little girl of a movie scene and she wondered how it would be like to be as tiny as an insect. She fell asleep against the window and when she woke up, she found out that her body had changed a lot: she was as small as an ant! Felicity took advantage of her new size to explore the garden from a new perspective and she came across different insects like a dragonfly, a slug and even a praying mantis that almost made a meal out of her before she was saved by a butterfly that took her back to her room's window. Felicity decided that she had explored enough and took a nap, knowing that she would wake up in her normal size.

Perguntas sobre a história

1) Onde estava Felicity no início da história?
    A. Em seu quarto
    B. No jardim
    C. Na escola
    D. Na casa de um amigo

2) Quais insetos ela viu primeiro quando ficou pequena?
    A. Aranhas
    B. Formigas
    C. Joaninhas
    D. Abelhas

3) Qual inseto estava prestes a atacar Felicity?
    A. Um gafanhoto
    B. Uma barata
    C. Uma lagarta
    D. Um louva-a-deus

4) Qual inseto a salvou?
    A. Uma borboleta
    B. Uma abelha
    C. Uma libélula
    D. Um vaga-lume

5) O que vez Felicity no final da história?
    A. Ela tirou uma soneca
    B. Ela comeu um lanchinho
    C. Ela deu uma caminhada
    D. Ela jogou videogames

QUESTIONS ABOUT THE STORY

1) **Where was Felicity at the beginning of the story?**
    A. In her room
    B. In the garden
    C. At school
    D. At a friend's house

2) **What insects did she see first when she became small?**
    A. Spiders
    B. Ants
    C. Ladybugs
    D. Bees

3) **Which insect was about to attack Felicity?**
    A. A grass hopper
    B. A cockroach
    C. A caterpillar
    D. A praying mantis

4) **Which insect saved her?**
    A. A butterfly
    B. A bumble bee
    C. A dragonfly
    D. A firefly

5) **What did Felicity do at the end of the story?**
    A. She took a nap
    B. She had a snack
    C. She took a walk
    D. She played video games

ANSWERS

1) **A**
2) **B**
3) **D**
4) **A**
5) **A**

Capítulo 14. Chorar não é ruim

O **céu** estava limpo e o sol brilhava intensamente. Os pássaros cantavam e os grilos chilreavam, acrescentado um som alegre às cores **vibrantes** do verão. Os aplausos e as risadas das crianças se juntaram a essa sinfonia enquanto elas jogavam futebol no parque do bairro e tudo ficou **perfeito** até que um deles tropeçou e levou uma queda feia.

"Pausa, Riley caiu!" Uma das crianças gritou, interrompendo as outras no **meio** do jogo.

Todo o mundo se reuniu em volta do garoto e lhe perguntaram preocupados se ele estava bem.

"Sim, estou bem." Disse o Riley, rangendo os dentes com dor.

"Seu joelho está sangrando, está muito arranhado. Você deveria ir para casa." Sugeriu um de seus amigos.

Riley recusou inicialmente, com teimosia, e assumiu uma expressão **corajosa**, dizendo que era apenas um arranhão, mas perante a insistência de seus amigos, ele acabou mancando para casa com a ajuda de uma das crianças que vivia próximo de sua casa.

"Dói muito?" Seu amigo perguntou, o amparando com um braço em torno de seu ombro.

"Não. Na verdade, não. Apenas arde um pouco. Poderia ter continuado a jogar..." Riley respondeu com uma careta quando ele deu outro **passo**.

Seu amigo notou que ele estava claramente com dores, mas não queria o contradizer e, quando chegaram na casa de Riley, ele lhe desejou uma boa recuperação e disse tchau. "Melhora rápido! Precisamos de você na **equipe**!"

"Obrigado pela ajuda!" Riley se despediu do amigo com um aceno e tocou a campainha. Ele transferiu cuidadosamente o peso para a perna não lesionada e respirou fundo. A dor estava ficando mais acentuada. Enquanto esperava que alguém abrisse a porta, ele se concentrou em evitar chorar. Seus olhos lacrimejavam, mas ele não queria mostrar qualquer fraqueza e ele não queria deixar seus pais preocupados.

"Oi, querido." Sua mãe o saudou com um sorriso que se transformou em uma expressão preocupada quando enxergou seu joelho **sangrando**. "O que aconteceu, Riley?!" Ela gritou.

"Eu caí quando estava jogando futebol." Ele disse depois de limpar a garganta.

"Entra, querido, vamos tratar de sua ferida." Disse sua mãe, enquanto o ajudava.

Uma vez lá dentro, os dois foram ao banheiro, lavaram e secaram a ferida de Riley e colocaram antisséptico nos cortes. Sua mãe colocou um curativo no joelho e o ajudou a subir para o quarto para que ele pudesse se deitar e **descansar**. Mas quando ela o ajudou a tirar seus sapatos, ela notou que seu pé estava inchado e, depois de lhe tocar levemente, ela suspeitou que ele teria torcido o pé quando ele tropeçou. Ela ligou para o vizinho, que era médico, para dar uma olhada e, quando foi determinado que não era nada que exigiria uma visita ao hospital, ela **aplicou** um pouco de álcool e o enfaixou.

"Deixe-me colocar isso sob o seu pé." Disse ela, pegando uma pequena almofada e a usando para elevar sua canela.

Sua mãe então se sentou ao lado dele, na extremidade de sua cama, e acariciou sua bochecha. "Meu pobre rapaz. Você deve estar com muitas dores." Ela disse com um sorriso triste.

"Não. Eu estou bem, mãe." Riley a tranquilizou.

"Não há problema em expressar sua dor, querido." Disse a mãe com um olhar conhecedor. "De fato, **chorar** pode ajudar a atenuar a dor."

"Os meninos não choram, mãe." Disse Riley com determinação.

Sua mãe levantou as sobrancelhas com surpresa. "Besteira!" Ela disse. "Quem disse isso para você?"

Riley encolheu os ombros e olhou para ela como se fosse óbvio demais para ser falado.

Sua mãe suspirou e fez uma breve pausa antes de falar de novo. "Seu pai é um menino, certo?"

"Meu pai é um homem." Riley disse com **convicção**.

Sua mãe sorriu com indulgência. "Certo. Seu pai é um homem". Ela olhou para ele com uma sobrancelha levantada. "Mas ele chora, certo?"

Riley sorriu. "Todo o tempo." Ele respondeu.

"Como daquela vez em que ele pisou um ouriço-do-mar, lembra?"

Riley riu e acenou com a cabeça. "Para ser **justo**, ele parecia ter muitas dores. Ele gritava toda vez que você tirava um dos espinhos com as pinças."

A mãe dele torceu o nariz perante essa **memória** e abanou a cabeça. "E quando Lisa **morreu**..." Ela acrescentou.

Riley acenou com a cabeça com tristeza. Lisa era o cachorro da família e todos ficaram muito tristes quando ela morreu.

"E houve aquela vez", sua mãe disse com um sorriso divertido. "Quando sua irmã mais nova nasceu."

O garotinho revirou os olhos com um sorriso. "Eu não sei porque isso era algo tão **triste**!"

Sua mãe riu e lhe disse que eram provavelmente lágrimas de felicidade. "A questão é, seu pai sempre **expressa** seus sentimentos e ele não tem problema em chorar se ele precisar. Isso faz dele uma pessoa fraca?" Ela perguntou.

"Não. O pai é um dos homens mais fortes que eu conheço!" Riley respondeu com entusiasmo.

"E isso faz dele menos homem?"

Ele abanou a cabeça, indicando que ele não achava que esse fosse o caso.

"Então, o que faz você **pensar** que os garotos não podem chorar quando estão em sofrimento?" Ela perguntou, em um tom leve e carinhoso.

Ele olhou para ela com um sorriso frágil e encolheu os ombros. "Eu quero ser apenas corajoso, mamãe."

"E isso é ótimo, querido. Mas a bravura não significa reprimir as **lágrimas**, a verdadeira bravura reside em se expressar sem receio do que os outros possam pensar sobre nós. Eu sei que você é corajoso, e o seu pai também é, assim como sua irmã e todos os seus amigos. Mesmo que você chore quando sofre."

Riley acenou com a cabeça em sinal de entendimento. Ninguém nunca disse a ele que ele não podia chorar e muitos de seus amigos choravam quando se machucavam enquanto brincavam.

De súbito, seu rosto relaxou e ele exibiu uma expressão de dor e ele olhou para sua mãe. "Para dizer a verdade, **realmente** dói muito mamãe."

"Ah, querido. Venha cá!" Sua mãe o pegou nos braços e depois de alguns momentos, Riley sentiu que seu joelho e pé não doíam tanto assim.

Vocabulary - Vocabulário

Céu: *sky*

Vibrantes: *vibrant*

Perfeito: *perfect*

Meio: *middle*

Corajosa: *brave*

Passo: *step*

Equipe: *team*

Sangrando: *bleeding*

Descansar: *rest*

Aplicou: *applied*

Chorar: *cry*

Convicção: *conviction*

Justo: *fair*

Memória: *memory*

Morreu: *died*

Triste: *sad*

Expressa: *expresses*

Pensar: *think*

Lágrimas: *tears*

Realmente: *really*

Resumo da história

Um grupo de crianças estava jogando futebol ao ar livre em um dia de sol. Uma delas tropeçou e caiu, fazendo o restante grupo parar de jogar e se reunir ao seu redor. Embora Riley, o menino que caíra, tenha dito que estava bem, seu joelho estava sangrando e seus amigos sabiam que ele estava em sofrimento e insistiram para ele ir para casa. Um dos amigos de Riley o ajudou a chegar em casa e, quando sua mãe abriu a porta, ela ficou preocupada e o ajudou a entrar. Depois de limpar a ferida, eles descobriram que ele também havia torcido o pé e, quando se certificaram de que não era nada grave, sua mãe disse que não havia problema em chorar, e ele respondeu que os meninos não choram. Sua mãe começou então a recordar todos os momentos em que seu pai havia chorado e disse para ele que chorar não é sinal de covardia.

Summary of the Story

A group of children were outside playing soccer on a sunny day. One of them tripped and fell, making the rest stop playing to gather around him. Even though Riley, the boy who fell, said that he was alright, his knee was bleeding and his friends knew that he was in pain and insisted he head back home. One of Riley's friends helped him get to his house and when his mother opened the door, she became worried and helped him go inside. After cleaning his wound, they discovered that he had also twisted his foot and when they made sure that it was nothing severe, his mother told him that it was alright to cry to which he answered that boys don't cry. His mother then started reminding him of all the times that his father cried and told him that crying didn't mean that he wasn't brave.

Perguntas sobre a história

1) **O que as crianças estavam jogando no início da história?**
   A. Basquete
   B. Basebol
   C. Futebol americano
   D. Futebol

2) **Quem interrompeu seu jogo?**
   A. Uma velha se queixando do barulho
   B. Um carro passou por cima da bola
   C. Uma delas sofreu uma queda
   D. Seus pais as chamaram para almoçar

3) **Qual o nome do menino que ficou machucado?**
   A. Raymond
   B. Randy
   C. Riley
   D. Robby

4) **Onde ele se machucou?**
   A. Perna
   B. Braço
   C. Cabeça
   D. Em lado nenhum

5) **Segundo a mãe de Riley, o que chorar acarreta?**
   A. Deixa você desidratado
   B. Ajuda a amenizar a dor
   C. Dá dores de cabeça
   D. Faz arder seus olhos

QUESTIONS ABOUT THE STORY

1) **What were the children playing at the beginning of the story?**
   - A. Basketball
   - B. Baseball
   - C. Football
   - D. Soccer

2) **What stopped their game?**
   - A. An old lady complained that they were too loud
   - B. A car ran over their ball
   - C. One of them took a fall
   - D. They were called in for lunch by their parents

3) **What was the name of the boy who was hurt?**
   - A. Raymond
   - B. Randy
   - C. Riley
   - D. Robby

4) **Where was he injured?**
   - A. His leg
   - B. His arm
   - C. His head
   - D. Nowhere

5) **According to Riley's mother, what does crying do?**
   - A. It makes you dehydrated
   - B. It helps ease the pain
   - C. It gives you a headache
   - D. It burns your eyes

Answers

1) D
2) C
3) C
4) A
5) B

Capítulo 15. Fotos e memórias

Em um belo dia de **primavera**, com as flores a florir e as árvores agitando suas folhas verdes claras, uma professora anunciou à classe que ela havia imprimido as fotografias tiradas em sua visita de estudo. "Eu tirei algumas cópias para todos!" Ela lhes disse com um sorriso alegre.

As crianças festejaram e conversaram animadamente entre elas quando **receberam** envelopes contendo as fotografias em questão.

Freya, uma das pupilas da classe, abriu um envelope e olhou com carinho para as fotografias que imortalizaram a **viagem**. Depois as colocou dentro da mochila, entre dois livros, para que não dobrassem. Ela mal podia esperar por mostrar as fotografias aos seus pais e ela sabia que eles iriam gostar delas tanto quanto ela.

Uma vez em casa, seu pai pegou as fotografias que eram consideradas as mais alegres, colocou uma moldura e as pendurou no corredor junto das outras fotografias da família.

"Seu sorriso está tão brilhante nessas fotografias, querida." Ele lhe disse enquanto os dois observavam as fotografias **recentemente** adicionadas. Ela acenou com a cabeça em jeito de acordo. A visita escolar havia sido muito divertida e ela não tinha sequer que sorrir para as fotografias, pois seu sorriso não saiu deseu rosto todo o dia.

Os olhos de Freya percorreram as outras fotografias que estavam penduradas na parede e ela notou que eram todas fotografias de seus **familiares** com sorrisos brilhantes ou até soltando gargalhadas. Cada fotografia emitia boas **vibrações**.

"Será que..." Ela murmurou para si própria quando começou a pensar nisso. Agora que ela pensava sobre isso, esse era o caso em todas as casas onde ela estivera: as paredes, secretárias e lareiras estavam repletas de fotografias com pessoas **felizes**. Por que isso acontecia?

"Talvez porque as pessoas são afetadas pelas fotografias?" Ela pensou caminhando pelo corredor. Fazia sentido. Quanto mais ela olhava as fotografias, mais feliz se sentia. Ela olhou a fotografia do primeiro peixe que ela havia pescado no dia em que acompanhou seu pai ao **lago** e ela sorria com orgulho. "Esse foi um dia muito agradável..." Ela admitiu. Em seguida, ela olhou uma fotografia tirada quando toda a família havia feito uma viagem de estrada e sorriu. Foi muito divertido, embora seu irmão mais velho tivesse passado o tempo todo se queixando da **falta** de internet. A fotografia seguinte que ela observou havia sido tirada em sua festa de aniversário. A família festejou esse dia em um restaurante e todos os seus **amigos** foram convidados. Foi muito elegante, a comida estava deliciosa e ela amou todos os momentos. Ele relembrou que eles brincaram com ela sujando seu nariz com glacê do bolo e ela riu perante essa memória. Não era de admirar que essas fotografias estivessem aí, todas elas refletiam memórias felizes e alegravam quem as contemplasse.

Querendo explorar mais sua teoria, ela pediu para o seu pai dar para ela o álbum da família, para ela poder ver outras fotografias que não tinham conquistado um lugar de honra na parede.

Observando as fotografias, algumas fizeram ela rir alto e outras a fizeram se retrair, enquanto outras até a fizeram se sentir nostálgica e um pouco triste.

A fotografia dela com quatro **anos** vestindo uma fantasia de fada e segurando uma varinha mágica a fez rir. Ela adorava usar roupas bobas como essa quando era mais jovem e ela sempre agia como a **personagem** que vestia. Todos na família diziam que ela andava pela casa tocando na cabeça deles com a varinha e dizendo que havia realizado seus desejos. Embora ela mal recordasse esse dia, ela achava essa história muito divertida.

Outra fotografia que não era tão divertida captou sua **atenção**. Era uma fotografia sua com o rosto inchado e uma erupção cutânea muito ruim. Foi o dia em que ela comeu nozes pela primeira vez e descobriu que era alérgica. "Eu pareço tão estranha..." Ela sussurrou para si mesma enquanto olhava para o rosto **vermelho** e os olhos lacrimejantes. "Que bom que essa fotografia não está no muro da fama!" Ela suspirou, abanando a cabeça. Se não receasse deixar seus pais bravos, ela jogaria a fotografia na lata do lixo. Ela era capaz de se imaginar estremecendo sempre que passasse pelo corredor se essa fotografia estivesse lá **pendurada**. Essa fotografia não a fazia se sentir, de todo, feliz.

Outra fotografia que fez ela parar para contemplar era uma **fotografia** de sua antiga casa. Antes de se mudarem para sua casa atual, sua família havia vivido em uma casa muito bonita com um grande jardim e uma casa na árvore. Ela adorou viver lá e brincar na casa da árvore com sua antiga amiga e ela tinha muita saudade desse lugar. Que pena eles terem saído por causa do trabalho do pai. Embora ela amasse esse **lugar**, Freya estava feliz por não ser lembrada disso todos os dias. Ela não gostava do sentimento de nostalgia que tinha quando recordava esses dias.

A última fotografia que ela viu antes de fechar o álbum era uma fotografia de seu falecido avô. Freya adorava o avô e ela se sentia muito triste por não poder mais o ver. Sua mãe lhe disse que eles iriam sempre **recordar** o avô com amor e que ele não estaria **verdadeiramente** ausente desde que seus pensamentos estivessem com ele, mas a garotinha não conseguia evitar se sentir triste olhando a fotografia. Como a fotografia de sua antiga casa, ela achou que provavelmente não seria bom ela a ver com frequência por causa do sentimento de coração partido, apesar do amor que tinha pelo avô.

"Agora eu percebo o motivo de apenas as fotografias felizes estarem na parede." Ela disse a si mesma antes de descer as escadas e devolver o álbum ao seu pai. "As fotografias nos fazem recordar não só memórias passadas, elas nos fazem recordar os nossos **sentimentos** no momento em que as fotografias foram tiradas."

Vocabulary - Vocabulário

Primavera: *Spring*

Viagem: *trip*

Recentemente: *recently*

Membros: *members*

Vibrações: *vibrations*

Felizes: *happy*

Amigos: *friends*

Lago: *lake*

Anos: *years*

Personagem: *character*

Atenção: *attention*

Vermelho: *red*

Pendurada: *hanged*

Lugar: *place*

Recordar: *remember*

Fotografi: *photo*

Verdadeiramente: *truly*

Sentimentos: *feelings*

Falta: *lack*

Receberam: *received*

Resumo da História

A professora disse a seus alunos que ela havia imprimido as fotografias da visita de estudo, dando a cada um dos alunos um envelope contendo as fotografias. As crianças ficaram muito satisfeitas e, uma delas, a Freya, ficou muito ansiosa para mostrar as fotografias à sua família. Quando ela chegou em casa, seu pai pendurou as fotografias no corredor e, quando Freya as observou, ela pensou no efeito que as fotografias tinham nas pessoas. Apenas as fotografias felizes eram expostas e, enquanto examinava as fotografias armazenadas no álbum, ela confirmou suas teorias. Algumas fotografias inspiravam sentimentos de tristeza ou eram apenas constrangedoras demais e não pertenciam nas paredes.

Summary of the Story

A teacher told her class that she had printed the pictures from their school trip before giving them each an envelope containing the photos. The children were very pleased by this and one of them, Sara, was very excited to show them to her family. Once she got home, her father hung the pictures on the corridor's wall and as Sara looked at them, she started thinking of the effect of pictures on people. Only happy pictures were put on display and as she looked through the photos that were stored in the album instead of frames, she confirmed her theories. Some pictures inspired sad feelings or were just too embarrassing and didn't belong on walls.

Perguntas sobre a história

1) O que a professora deu aos alunos no início da história?
   A. Fotos
   B. Doccs
   C. Lápis de cor
   D. Chaveiros

2) Qual o nome da personagem principal?
   A. Frida
   B. Freya
   C. Flora
   D. Fanny

3) Onde ela colocou as fotografias enquanto estava na aula?
   A. Na gaveta de sua secretária
   B. Em seu arquivo
   C. Em sua mochila
   D. Em seu álbum

4) Onde seu pai colocou as fotografias quando ela chegou em casa?
   A. Na parede do corredor
   B. Na galeria
   C. Em sua secretária
   D. No álbum da família

5) Por que a fotografia em que Freya estava com uma reação alérgica não estava exposta no corredor?
   A. Porque era triste
   B. Porque era nostálgica
   C. Porque era aborrecida
   D. Porque era constrangedora

QUESTIONS ABOUT THE STORY

1) **What did the teacher give to the pupils are the beginning of the story?**
    A. Photos
    B. Candy
    C. Crayons
    D. Key chains

2) **What is the name of the main character?**
    A. Frida
    B. Freya
    C. Flora
    D. Fanny

3) **Where did she put the pictures while she was still in class?**
    A. In her desk drawer
    B. In her folder
    C. In her backpack
    D. In her album

4) **Where did her father put the photos once she was home?**
    A. In the corridor wall
    B. In the gallery
    C. On his desk
    D. In the family album

5) **Why was the photo in which Sara had an allergic reaction not displayed on a wall?**
    A. Because it was sad
    B. Because it was nostalgic
    C. Because it was boring
    D. Because it was embarrassing

Answers

1) A
2) B
3) C
4) A
5) B

Capítulo 16. Fale comigo

Caleb saiu do **carro** e mal conseguia conter a emoção. Ele ia adquirir um animal de estimação **hoje**! Ele quase tropeçou em seus próprios pés enquanto caminhava rapidamente em direção à loja de animais.

A loja de animais onde seu pai o havia levado era uma loja que dava animais **resgatados** para adoção em troca de um donativo. Era possível adquirir quaisquer animais que desejasse, mas teria que fazer um donativo para a associação que os resgatava. O valor do donativo não era importante, a associação já considerava uma ótima ação a **adoção** dos animais e eles não queriam impor uma taxa específica. Caleb quebrou com agrado o seu cofrinho e levou com ele suas poupanças e seu pai lhe disse que ele teria também que doar algum **dinheiro** para a loja e assim, foi com grande alegria que os dois lá se dirigiram.

Caleb e seu pai entraram na loja e logo os olhos do menino se arregalaram de espanto. "Uau..." Ele exclamou.

A loja era praticamente um reino com todos os tipos de animais de estimação. Estava repleta de pequenos **cestos** onde se aninhavam gatinhos, cachorros e hamsters, dormindo ou brincando. Em uma prateleira, estava um grande aquário com peixes coloridos e pequenas tartarugas. Havia até mesmo um pequeno aviário de interior em um dos **cantos** da loja, com diferentes tipos de pássaros que piavam alegremente, acrescentando um som agradável a essa bela paisagem. Uma das paredes da loja era dedicada a alimentos para animais, assim como tigelas, almofadas e **brinquedos** de roer. Era praticamente um pequeno paraíso para animais e para os **amantes** de animais, e Caleb nunca se sentira tão feliz. Ah, ele mal podia esperar para falar desse lugar a seus amigos! Eles iam se roer de inveja!

Ele se aproximou dos filhotes de cachorro e acariciou cada um deles antes de se virar para os gatinhos e esfregar suas barrigas. Em seguida, ele ficou algum tempo assistindo o belo aquário e ele se sentiu feliz vendo apenas suas habitantes nadando dentro dele. Seus **padrões** coloridos eram muito estranhos, mas tão belos! Alguns momentos mais tarde, ele se aproximou do aviário para admirar os pássaros em seu interior. Todos pareciam tão fofos com suas belas penas e rostos redondos. "Esse é tão grande!" Ele disse alto olhando um papagaio. No entanto, ele logo esqueceu o tamanho do **pássaro**, quando o mesmo repetiu suas palavras em uma voz aguda.

"Raaa, tão grande! Tão grande!"

Caleb riu perante o som do pássaro. Ele sabia que os papagaios faziam isso, mas ouvir um falar pela primeira vez era, ainda assim, estranho. Ele se questionou como seria se esses pássaros pudessem conversar com seus tutores, ao invés de repetirem apenas suas palavras. De fato, ele olhou ao seu redor para todos os outros animais com curiosidade, se perguntando como seria se todos eles **pudessem** falar.

Ele olhou os cachorros e soube exatamente o que eles diriam. "Me dê mimos! Me dê mimos! Me dê mimos! Me diga que sou um bom menino! Atire a **bola** e eu a irei buscar!" Ele imaginou um cachorro dizer, abanando seu rabo, excitado. O cachorro de sua tia sempre corria para ele quando ele o visitava e ele simplesmente não se cansava de brincar com todos os que lhe davam atenção.

"O que diria um peixe...?" Ele questionou em voz alta, observando o aquário. Ele olhou para um peixe-dourado que nadava preguiçosamente e recordou o fato incorreto sobre os peixes-dourados, que diziam ter um período de memória de três segundos. Ele sabia que isso estava errado, mas ele pensou que seria divertido ter uma conversa com um peixe se esse fato fosse verdade.

"Olá! Como está você?" Ele se imaginou perguntando ao peixe-dourado.

"Olá. Estou bem, e você?" Essa seria a resposta do peixe, enquanto nadava em círculos.

"Ótimo. Como foi seu dia?"

"Olá, ótimo. Qual dia?" O peixe responderia, piscando seus grandes olhos, confuso.

Caleb deu uma gargalhada perante sua interação imaginária com o peixe. Brincadeiras à parte, ele estava mesmo muito curioso sobre o que um peixe diria. **Provavelmente** algo como "Me alimente". Ele não conseguia imaginar outra coisa. Você não pode acariciar um peixe e não pode, definitivamente, atirar uma bola para ele buscar. O máximo de diversão que ele já teve com um peixe foi o ver **perseguindo** os pequenos flocos de comida que haviam sido jogados em seu tanque.

Ele olhou para um dos pássaros nos aviários e o viu movendo a cabeça para a esquerda e para a direita, olhando em volta com curiosidade e piando enquanto pulava. "Ele parece inteligente... Mas um pouco nervoso."

"O quê? O quê? Que som é esse? O que é isso? É comestível?" Ele imaginou o canário dizendo, dando bicadas em sua mão. "Quem é você? Eu conheço você? Eu quero cantar. Vamos cantar. Cante comigo." O pássaro começaria então piando alegremente.

Ele se voltou para a zona onde os gatinhos estavam **brincando** e imaginou uma conversa com um deles.

"Olá, pequeno gatinho. Oi. Olá." Ele diria várias e várias vezes, tentando captar a atenção do gatinho enquanto ele lambia seu pelo.

"Olá. Lamento não ter respondido mais cedo, estava **ocupado**." Diria, por fim, o gatinho, depois de terminar sua rotina de limpeza.

"Tudo bem. Você deseja brincar?"

O gatinho o encararia antes de dizer **não**. Então ele perguntaria se podia tocar suas patinhas e o gatinho recusaria de novo.

"Mas você pode acariciar minha barriga se você me der comida." O gatinho diria.

Naturalmente, Caleb daria doces ao gatinho e pacientemente o observaria **comendo** antes de finalmente o acariciar.

"Você já decidiu qual você quer adotar?" Disse o pai, o despertando de seu **sonho** acordado.

Caleb olhou em volta antes de se voltar para o seu pai. "Err, ainda não. Acho que preciso de ajuda."

Vocabulary - Vocabulário

Carro: *car*

Hoje: *today*

Adoção: *rescued*

Comida: *food*

Dinheiro: *money*

Cestos: *baskets*

Cantos: *corners*

Brinquedos: *toys*

Amantes: *lovers*

Padrões: *patterns*

Pássaro: *bird*

Pudessem: *could*

Bola: *ball*

Provavelmente: *probably*

Perseguindo: *chasing*

Brincando: *playing*

Ocupado: *busy*

Não: *no*

Comendo: *eating*

Sonho: *dream*

Resumo da história

Caleb estava muito emocionado quando foi com o seu pai na loja de animais onde ele iria adotar o animal que desejasse em troca de uma doação para a associação que salva esses animais. Ele entrou na loja e ficou maravilhado com todos os animais e suprimentos, como comida, tigelas e brinquedos. Ele admirou os animais e, quando ele observou um dos papagaios no aviário, ele imaginou os outros animais falando e ele se divertiu com o que eles estavam dizendo segundo sua imaginação. Quando seu pai perguntou se ele havia decidido qual animal adotar, Caleb disse que ele precisava de ajuda para decidir.

SUMMARY OF THE STORY

Caleb was very excited as he had accompanied his dad to a pct store where he could adopt any animal he wanted in exchange for donating to the association that saves those animals. He entered the shop and was amazed by all the animals in it as well as all the supplies like food, bows and toys. He admired the animals and when he looked at one of the parrots in the aviary, he imagined the other animals talking and was amused by what they were saying according to his imagination. When his father asked him whether he had decided which animal to adopt, Caleb told him that he needed help deciding.

Perguntas sobre a história

1) **Onde foi Caleb?**
   - A. À loja de animais
   - B. À padaria
   - C. À loja de brinquedos
   - D. À loja de videogames

2) **Quem o levou?**
   - A. Sua mãe
   - B. Seu irmão
   - C. Seu pai
   - D. Sua irmã

3) **Qual dos seguintes animais não estava na loja?**
   - A. Cachorros
   - B. Lagartos
   - C. Gatinhos
   - D. Pássaros

4) **Qual animal ele imaginou lhe pedindo comida em troca de deixar ele tocá-lo?**
   - A. Um gato
   - B. Um peixe
   - C. Um cachorro
   - D. Um papagaio

5) **Qual animal Caleb adotou no final da história?**
   - A. Um gatinho
   - B. Ele ainda não havia decidido
   - C. Um cachorro
   - D. Um peixe

QUESTIONS ABOUT THE STORY

1) **Where did Caleb go?**
    A. The pet store
    B. The bakery
    C. The toy store
    D. The video games store

2) **Who took him there?**
    A. His mother
    B. His brother
    C. His father
    D. His sister

3) **Which of these animals was not in the store?**
    A. Puppies
    B. Lizards
    C. Kittens
    D. Birds

4) **Which animal did he imagine asked him for food in exchange of letting him touch it?**
    A. A cat
    B. A fish
    C. A dog
    D. A parrot

5) **Which animal did Caleb adopt by the end of the story?**
    A. A kitten
    B. He hadn't decided yet
    C. A dog
    D. A fish

ANSWERS

1) A
2) C
3) B
4) A
5) B

Capítulo 17. Bruxa que muda de corpo!

Os sons abafados das gotas de **chuva** batendo no telhado eram a única coisa que podia ser ouvida na casa. Oliver virou para a esquerda e para a direita em sua cama, pois não conseguia adormecer. A eletricidade ia e voltava devido à tempestade e ele não podia sequer ligar o televisor. Seu quarto estava escuro, iluminado **apenas** pelo clarão ocasional dos trovões. Ele soltou um suspiro miserável. Ele estava muito aborrecido e um pouco assustado. Ele se levantou e atravessou lentamente o quarto para ir para o quarto do irmão mais velho e, infelizmente, bateu o pé na moldura da porta. "Ai!" Ele murmurou, não ousando falar alto.

Quando ele finalmente chegou na porta de seu irmão, os sons altos de alguém batendo na porta o assustaram. Quem os visitaria a essa **hora**? E no meio de uma **tempestade**? Ah, não... Oliver havia assistido a filmes de terror suficientes para saber qual seria o desfecho!

Seu irmão abriu a porta de seu quarto, o fazendo saltar de surpresa.

"O que você está fazendo aqui, meu irmão?" Seu irmão perguntou.

"Eu estava entediado..." Disse Oliver, encolhendo os ombros.

"Alguém bateu na porta? Eu estava usando os fones de ouvido, então não tenho certeza."

Oliver assentiu e olhou nervosamente para a escada. Quem estava batendo na porta começou a bater novamente e continuou batendo com o punho. Seus pais saíram do quarto nesse momento.

"Por que vocês estão ainda acordados a essa hora?" Disse a mãe, em clara desaprovação, **enquanto** o pai desceu as escadas para ver quem estava batendo na porta.

Os dois meninos não responderam e o mais velho seguiu o pai pelas escadas. Oliver preferiu ficar junto de sua mãe, e quando os dois ouviram o som da porta sendo aberta, eles desceram as escadas com hesitação para ver quem era o visitante impaciente.

"Julie?!" Sua mãe perguntou com espanto vendo a mulher trêmula parada perto da porta e tirando o casaco **molhado**.

"Está uma grande tempestade lá fora!" Disse a mulher, com uma expressão de desagrado no rosto.

"O que traz você aqui a essa hora?" Perguntou a mãe de Oliver.

No entanto, foi seu pai quem falou em seguida, "Eu ia perguntar a mesma coisa."

"Eu queria fazer uma surpresa. Eu acabei de regressar de minha viagem e aluguei um carro para vir até aqui. Estupidamente, eu não verifiquei o boletim meteorológico e o motel no qual tinha **planejado** ficar a caminho daqui estava completamente lotado, assim não tive outra chance senão **continuar** dirigindo, mesmo sabendo que chegaria em uma hora inapropriada." A senhora explicou secamente. O clima claramente a deixava de mau humor.

Oliver olhou para o irmão e percebeu que ele também estava surpreso por ver essa mulher ali. Talvez ele também não soubesse quem ela era? Ele teria de perguntar a ele mais tarde. O garotinho fez cara feia para a mulher e analisou sua aparência da cabeça aos pés. Ela estava usando um conjunto **preto**: calças pretas, camisa preta, casaco preto, botas pretas. Até o seu cabelo era preto, pelo que ele conseguia ver sob a luz da lanterna de seu pai.

"E vejo que também não têm eletricidade. Ótimo!" A senhora disse amargamente.

"Por que você não entra e usa nossas **toalhas** para secar o cabelo. Suponho que trouxe roupas consigo?" Sua mãe perguntou à mulher.

"Sim, mas está fora de questão voltar para a chuva para ir buscar as roupas no carro!" Julie respondeu, com um arrepio.

"Por que não empresta algo para essa noite, querida. Eu vou buscar a **chaleira** e preparar um chá quente." Sugeriu o pai de Oliver, e quando a convivada se moveu para acompanhar sua mãe, ela o viu. "Ah, olá garoto. Você deve ser o Oly." Ela disse.

"Oliver." Ele a corrigiu.

"Certo. Bem, nos vemos amanhã." E, assim, ela se foi.

O pai de Oliver pediu para ele e seu **irmão** voltarem para a cama e, embora ambos estivessem relutantes para fazer isso, eles obedeceram e voltaram para cima.

Quando estavam a caminho, Oliver perguntou a seu irmão se ele já tinha ouvido falar dessa pessoa. Seria ela uma **parente** afastada ou algo do gênero?

"Ela é uma amiga da mãe, da faculdade, as duas eram muito próximas e mantiveram o contato. A última vez que ela nos visitou você ainda era um bebê, é por isso que você não se lembra dela." Explicou o menino mais velho.

Oliver não gostava nada daquela mulher. Ele a achava muito suspeita. Seus pais claramente a conheciam e eles pareciam **confiar** nela, deixando-a entrar em casa e tudo, mas ele tinha um mau pressentimento sobre ela.

Oliver soltou de súbito um suspiro assustado quando lhe ocorreu um pensamento assustador. E se aquela mulher fosse, afinal, uma bruxa que muda de corpo, se fazendo passar pela amiga da mãe?! Ah, não! E quando todo mundo estivesse **dormindo**, ela iria matar a todos!

Ele ouviu os sons de sua mãe e a Julie falsa falando enquanto ela preparava o quarto de hóspedes e ele decidiu que iria confrontá-la quando seus pais regressassem ao quarto. Ele esperou cerca de meia hora e quando ele estava seguro que o caminho estava **livre**, ele saiu sorrateiramente de seu quarto.

A porta do quarto de hóspedes estava ligeiramente aberta e ele viu que estava uma vela acesa no interior. A luz de sua chama lançava sombras duras pelo quarto e ele podia ver a silhueta de Julie falsa sentada na cama em um **ângulo** estranho e ele ouviu sons de tosse e respingos. Ela deve estar mudando de volta para o seu corpo verdadeiro! Ele abriu a porta para trás, fazendo Julie se virar para ele em sobressalto.

"Ah, é você! Você me assustou, garoto!" Ela disse, com uma mão sobre o peito. Ela continuava parecendo um humano e, quando ele entrou um pouco mais no quarto, ele a viu apertando um lenço de papel.

Julie soltou um sorriso envergonhado e encostou um dedo aos **lábios**. "Não diga ao seu pai, mas esse chá é horrível!"

Oliver percebeu que o som que ouvira foi ela cuspindo o chá no lenço de papel, e ele sorriu, divertido. O chá do seu pai era bastante ruim, ele sabia por experiências passadas!

"Ei, você quer um pouco de chocolate? Eu o comprei em minha viagem à Suíça!" Julie disse, tirando uma barra de chocolate de sua **bolsa**. "Não diga à sua mãe. Estou certa que ela não quer que você coma doces à noite." Ela piscou um olho e soltou um sorriso malandro.

Oliver pegou a barra de chocolate e se sentou na cama ao lado dela. "Você visitou a Suíça?" Ele perguntou com curiosidade.

"Sim. Você quer ver as fotografias?" Ela não aguardou sua resposta e pegou seu telefone da mesa ao lado da cama.

Oliver passou a noite com quem ele agora considerava ser a tia Julie, ouvindo suas histórias sobre viagens ao redor do mundo e sobre seu tempo com a mãe na **faculdade**, quando eram mais jovens.

Quando adormeceu, seu último pensamento foi que a tia Julie era a bruxa mais legal e divertida do mundo!

Vocabulary - Vocabulário

Chuva: *rain*

Apenas: *only*

Hora: *hour*

Tempestade: *storm*

Enquanto: *while*

Molhado: *wet*

Planeiado: *planned*

Contunar: *continue*

Preto: *black*

Toalhas: *towels*

Chaleira: *kettle*

Irmão: *brother*

Parente: *relative*

Confiar: *trust*

Dormindo: *sleeping*

Livre: *free*

Ângulo: *angle*

Lábios: *lips*

Bolsa: *purse*

Faculdade: *college*

Resumo da História

Oliver estava tentando adormecer, mas ele não conseguia, com os sons da tempestade lá fora. Ele se virava de um lado para o outro e soltava suspiros miseráveis. Devido à tempestade, ele não podia sequer assistir à TV, pois a eletricidade estava sempre faltando. Ele decidiu ir para o quarto de seu irmão e, quando se deslocava para lá pela casa escura, ele ouviu os sons altos de alguém batendo na porta. Seu irmão, mãe e pai saíram dos quartos para ver quem era e a visita era uma antiga amiga da mãe de Oliver. Eles a deixaram entrar e Oliver pensou que a senhora era um tanto suspeita e uma ideia surgiu em sua cabeça: Ela deve ser uma bruxa que muda de corpo! Ele esperou que todo o mundo adormecesse e foi para o quarto de hóspedes para confrontar a mulher, mas quando ele falou com ela, ele descobriu que ela era, na verdade, uma pessoa muito agradável.

Summary of the Story

Oliver was trying to fall asleep but couldn't with the sounds of the storm that was raging outside. He shifted in his bed and sighed miserably. Because of the storm, he couldn't even turn on the television as the power kept going on and off. He decided to go to his brother's room and on his way through the dark house, he heard the loud sounds of knocking. His brother, mother and father left their rooms to see who it was and it turned out to be an old friend of Oliver's mom. They led her inside and Oliver thought that the lady was quite suspicious before a scar thought occurred to him: She must be a shape shifting witch! He waited until everyone fell asleep and went to the guest room to confront her but as he spoke to her, he found out that she was actually a very nice person.

Perguntas sobre a história

1) **Qual o nome do personagem principal?**
    A. Olaf
    B. Oscar
    C. Oliver
    D. Owen

2) **Onde ele ia quando ouviu alguém bater na porta?**
    A. Para a cozinha
    B. Para a sala de estar
    C. Para o quarto dos pais
    D. Para o quarto do irmão

3) **Como estava o tempo nessa noite?**
    A. Tempestuoso
    B. Soalheiro
    C. Nublado
    D. Ventoso

4) **Qual o nome da visita?**
    A. Justine
    B. Josie
    C. Jane
    D. Julie

5) **O que Oliver pensou que ela era?**
    A. Uma vampira sedenta de sangue
    B. Uma bruxa que muda de corpo
    C. Uma cientista maluca
    D. Um lobisomem selvagem

QUESTIONS ABOUT THE STORY

1) What is the name of the main character?
    A. Olaf
    B. Oscar
    C. Oliver
    D. Owen

2) Where was he going before he heard knocking?
    A. To the kitchen
    B. To the living room
    C. To his parents' room
    D. To his brother's room

3) How was the weather that night?
    A. Stormy
    B. Sunny
    C. Cloudy
    D. Windy

4) What was the name of their visitor?
    A. Justine
    B. Antonella
    C. Gianna
    D. Julie

5) What did Oliver think she was?
    A. A blood sucking vampire
    B. A shape shifting witch
    C. A crazy scientist
    D. A wild werewolf

Answers

1) C
2) D
3) A
4) D
5) B

Capítulo 18. Boletim meteorológico

"Não esqueça o seu **guarda-chuva**, querida. O boletim meteorológico disse que hoje também pode chover." A Sra. Sanders gritou para sua filha da cozinha quando ela ouviu o som da porta principal sendo aberta.

"Sim, mãe!" Respondeu Amy, pegando seu guarda-chuva que estava pendurado no cabide.

A garota passou os braços pelas alças da mochila e ajeitou o gorro de **lã** antes de sair de casa. A caminho da escola, ela cantarolava baixinho enquanto pulava as poças de água deixadas pela chuva da noite anterior. Ela olhou para o céu e viu as nuvens cinzas que indicavam que sua mãe tinha razão ao prestar atenção no boletim meteorológico. Se essas nuvens indicavam algo, era que iria chover a maior parte do dia.

Amy balançou seu guarda-chuva pensando nos homens do tempo. Será que eles viajam pelo mundo para saber como será o tempo nos outros lugares? Se fosse esse o caso, a garotinha pensou que esse seria o **emprego** mais legal do mundo. Não seria incrível viajar para todos os lugares do mundo apenas para ver como o céu estava e advertir as pessoas para não esquecerem seus casacos ou cancelarem seus **planos** de piquenique?!

Ou, iriam eles para o espaço para fazer seu trabalho? Isso fazia sentido, pois poderiam ver melhor como as nuvens se moviam de cima, certo? Seria, ainda assim, bastante incrível! Usar um desses trajes espaciais e entrar em uma nave espacial seria maravilhoso!

Ou... será que eles se comunicam com alienígenas que lhes dizem como as coisas poderiam acontecer na Terra! Amy parou e suspirou perante esse **pensamento**. Se fosse esse o caso, então os alienígenas existiam!

Ela viu um bando de pássaros voando para longe e lembrou que seu professor uma vez disse que eles migravam para lugares mais quentes. Mas, como eles sabiam quando iria ficar **frio**? Eles também tinham boletins meteorológicos? Ela riu e começou pulando de novo. Isso era ridículo!

Mas ela estava muito curiosa sobre como funcionava o trabalho dos homens do tempo e decidiu que iria perguntar ao professor antes que fosse hora do recreio.

Uma vez na aula, Amy contou os minutos com impaciência, ansiosa para fazer sua pergunta e resolver o mistério que estava em sua mente desde a manhã. Quando a campainha finalmente tocou, ela se aproximou rapidamente da mesa do **professor** e pediu alguns momentos de seu tempo.

"Como os homens do tempo sabem quando e onde irá chover, nevar, estar sol e tudo isso?" Ela perguntou **depois** de captar sua total atenção.

"Bem, primeiro você deve saber a diferença entre um homem do tempo e um meteorologista." Disse seu professor antes de iniciar sua **explicação**. "Os homens do tempo, como você os chama, são as pessoas que apresentam as previsões do tempo na televisão. Eles recebem um **relatório** e indicam as áreas do **país** na tela. Os meteorologistas são as pessoas que fazem esses relatórios. Eles são cientistas que estudam o clima e fazem previsões sobre como será o tempo no futuro."

Amy acenou com grande interesse "Então, como eles fazem essas previsões?"

"Eles usam **informações** passadas sobre o estado do tempo e medem o estado do tempo no presente para fazer uma previsão com base em estudos sobre como será no futuro."

Amy franziu a testa, a explicação do professor era pouco clara. "Está bem, mas como eles obtêm as informações que precisam? Eles olham para o céu, como fazem?"

"Ah! Eles usam **ferramentas**, como termômetros, para medir a temperatura, barômetros para medir a pressão do ar e anemômetros para medir a velocidade do **vento**. Eles também usam imagens de satélites para observar os padrões das nuvens. Quando eles reúnem os dados necessários, eles os colocam em computadores que usam equações especiais para fazer cálculos que podem então produzir um modelo que ajuda a prever o tempo. Contudo, esses modelos nem sempre são precisos e os **cientistas** precisam os examinar para ver se concordam ou não. É muito importante que as previsões meteorológicas sejam as mais precisas possíveis, pois elas não servem apenas para nos informar quando chove, para não ficarmos molhados. Elas também nos dizem quando podem ocorrer eventos importantes que podem ser perigosos, como tempestades e furacões, e nos ajudam a permanecer em segurança. Os agricultores, marinheiros e pilotos também se baseiam nessas previsões para fazerem o seu trabalho, e até os esportistas."

Os olhos de Amy se abriram em uma expressão **confusa**. "Como elas afetam os trabalhos dessas pessoas?"

"Bem, os agricultores precisam saber se chove para plantarem os vegetais adequados. Algumas plantas crescem em climas chuvosos enquanto outras não sobrevivem se estiver muito úmido. Os marinheiros precisam saber se haverá uma tempestade para saberem quando partir para o **mar** em segurança. O mesmo se passa com os pilotos. Eles não podem pilotar aviões em condições climáticas difíceis e os esportistas não podem praticar seu esporte adequadamente se estiver chovendo, consegue imaginar como ficaria escorregadio o campo?"

Amy riu enquanto imaginava aqueles grandes jogadores de futebol que seu pai gosta de assistir escorregando na lama enquanto corriam pelo campo. Ela não gostaria de estar no lugar deles! E só de pensar nos enjoos e náuseas que alguém poderia ter por estar em um barco instável a fez estremecer.

Ela nunca havia realmente percebido o quão importante é a previsão do tempo e, embora estivesse um pouco decepcionada por nem os homens do tempo nem meteorologistas terem que viajar ou ir ao **espaço** para fazerem sua pesquisa, ela ainda achava que era uma profissão muito interessante. Tão interessante, de fato, que ela queria **aprender** mais sobre isso e que melhor lugar para começar do que a biblioteca.

"Agradeço muito sua explicação, Sr. Brown!" Disse ela com entusiasmo, antes de pegar seu cartão da biblioteca e sair da **sala** correndo. Ela ainda tinha tempo suficiente para ler um pouco antes do final do recreio!

Vocabulary - Vocabulário

Guarda-chuva: *umbrella*

Lã: *wool*

Emprego: *job*

Planos: *plans*

Frio: *cold*

Professor: *teacher*

Depois: *after*

Explicação: *explanation*

Relatório: *report*

Informações: *information*

Ferramentas: *tools*

Vento: *wind*

Cientistas: *scientists*

Confusa: *confused*

Mar: *sea*

Espaço: *space*

Aprender: *learn*

Sala: *room*

Pensamento: *thought*

País: *country*

Resumo da história

Amy estava saindo de casa para ir à escola quando sua mãe disse para ela levar o guarda-chuva, pois ela havia assistido o boletim meteorológico e estava previsto chover. Quando ela estava no lado de fora, ela viu as nuvens densas e percebeu que o homem do tempo estava certo. Ela começou então a pensar em como os homens do tempo faziam as previsões e, quando ela chegou à escola, ela perguntou isso ao seu professor na hora do recreio. Ele disse que não eram os homens do tempo que faziam as previsões, mas sim os meteorologistas, e que eles usavam vários dispositivos para medir a temperatura, a pressão do ar e a velocidade do vento, para criar modelos que pudessem ajudar a prever o tempo. Amy achou isso interessante e correu para a biblioteca para ler livros sobre esse assunto.

SUMMARY OF THE STORY

Amy was living her house to go to school when her mother told her to take her umbrella with her as she had watched the weather forecast and it said that it would rain. When she was outside, she saw the heavy cloud and knew that the weatherman had been right. She then started thinking how weathermen could predict the weather and when she was at school, she asked her teacher when it was time for recess. He told her that it wasn't weathermen who made the predictions but meteorologists and that they used several devices to measure the temperature, air pressure and speed of wind to make models that would help predict the weather. Amy thought that that was interesting and ran to the library to get books on the subject.

Perguntas sobre a história

1) **Qual o nome da personagem principal?**
   A. Amy
   B. Annie
   C. Abby
   D. Ally

2) **O que sua mãe disse para ela?**
   A. Para levar as chaves
   B. Para levar o telefone
   C. Para levar o guarda-chuva
   D. Para levar o casaco

3) **Qual dos seguintes dispositivos foi mencionado no texto?**
   A. Galvanômetro
   B. Amperímetro
   C. Barômetro
   D. Cronômetro

4) **Qual das seguintes profissões não foi mencionada no texto?**
   A. Médico
   B. Piloto
   C. Agricultor
   D. Velejador

5) **Onde foi Amy no final da história?**
   A. Na biblioteca
   B. No banheiro
   C. Na cafeteria
   D. No pátio da escola

QUESTIONS ABOUT THE STORY

1) **What is the name of the main character?**
    A. Amy
    B. Annie
    C. Abby
    D. Ally

2) **What did her mother tell her?**
    A. To take her keys
    B. To take her phone
    C. To take her umbrella
    D. To take her jacket

3) **Which of these devices was mentioned in the text?**
    A. Galvanometer
    B. Ampere meter
    C. Barometer
    D. Chronometer

4) **Which of these professions was not mentioned in the text?**
    A. Doctor
    B. Pilot
    C. Farmer
    D. Sailor

5) **Where did Amy go to at the end of the story?**
    A. The library
    B. The bathroom
    C. The cafeteria
    D. The schoolyard

Answers

1) A
2) C
3) C
4) A
5) A

Capítulo 19. Coleção

Marty estava muito feliz por passar o dia na casa do amigo. Os dois meninos passaram a **manhã** jogando futebol no jardim e brincando com o cachorro antes do almoço, e quando eles subiram para o quarto do amigo para passar o resto do dia **jogando** videogames dentro de casa, um pequeno caderno chamou a atenção de Marty.

"O que é isso na sua mesa?" Ele perguntou, sem tirar os olhos do item.

"Ah! Essa é a minha coleção de **selos**." Seu amigo respondeu. "Meu pai recebe cartas de todas as partes do mundo de seus correspondentes. Eu não sei porque eles não usam apenas o telefone ou o email, mas sempre que ele recebe uma carta, ele me deixa retirar o selo do envelope. Eu acho os selos muito legais, por isso comecei uma **coleção** há cerca de um ano. Você pode ver, se quiser!"

Marty, intrigado com o conceito de colecionar pequenos pedaços de papel, aceitou a oferta de seu amigo e folheou o caderno. Ele observou os selos com fascínio. Alguns deles tinham fotografias de pessoas, outros paisagens e outros tinham máquinas, trens e animais. Ele gostava das cores dos selos, mas o que mais cativou seu interesse foi a coleção em si.

A única coisa que ele havia colecionado fora armaduras em um jogo e, embora ele se gabasse disso aos amigos, ele não achava tão interessante quanto a coleção de selos de seu amigo, que permaneceu em sua mente mesmo quando voltou para sua casa.

Na verdade, ele queria mesmo começar uma coleção própria. Mas... o que poderia **colecionar**? Até onde ele sabia, nenhum de seus pais tinha amigos no estrangeiro que enviavam cartas, por isso ele não podia iniciar uma coleção de selos. Ele supôs que poderia colecionar qualquer coisa que quisesse e esse era o problema, ele não sabia o que **escolher**!

Ele se sentou na frente do computador e pesquisou ideias online. **Aparentemente**, algumas pessoas colecionavam flores prensadas, o que ele não queria fazer pois as únicas flores que tinha no seu jardim eram rosas. Ele descobriu também que algumas pessoas colecionam moedas de diferentes países. Isso era interessante, mas ele nunca tinha **viajado** para nenhum lugar, por isso rejeitou essa opção. Algumas pessoas colecionam histórias em quadradinhos e ele pensou que ele preferia assistir desenhos animados do que ler histórias em quadradinhos e comprar os livros apenas para colecionar era um desperdício. Uma das coleções mais estranhas que ele achou em sua pesquisa eram borboletas. Algumas pessoas colecionavam borboletas. "Ugh, isso é tão bizarro..." Ele murmurou para si mesmo. Ele não percebia o motivo de alguém querer guardar cadáveres de **borboletas** mortas em casa, mas agora que ele pensava nisso, as coleções de flores prensadas eram quase a mesma coisa.

Ele também viu que é possível colecionar pedras minerais e **cristais**, mas ele não estava muito interessado nesses tipos de artigos e ele não queria ter que caminhar para as **encontrar**. Uma das coisas mais interessantes que as pessoas colecionavam eram medalhas, o que ele considerou legal. Ele talvez comece uma coleção quando começarem os torneios dc futebol de sua escola, mas para agora ele ia continuar pesquisando.

Em um artigo, ele leu que é possível fazer qualquer tipo de coleção e que não havia **regras**. As pessoas colecionam coisas que gostam e depois de passar alguns momentos pensando no que ele mais gostava, ele conseguia apenas pensar em videogames, futebol, chocolate e skate.

Ele não poderia colecionar exatamente videogames, pois ele os baixava online e futebol era um esporte, não era algo que pudesse colecionar! No entanto... ele poderia colecionar bolas de futebol. "Muito grandes..." Ele disse para si mesmo abanando a cabeça. Ele não tinha espaço suficiente em seu quarto onde pudesse as guardar. O mesmo se aplicava a pranchas de skate, e elas eram caras demais também. A única coisa que sobrava era **chocolate**.

Marty franziu a testa, seria realmente um desperdício comprar qualquer tipo de doce apenas para o guardar em uma caixa, quanto mais chocolate. E, para dizer a verdade, ele não confiava nele próprio para não comer o chocolate imediatamente após o **comprar**. Era apenas bom demais! Por outro lado, o chocolate vem em muitas formas e tamanhos e a variedade é quase infinita! Então, seria algo interessante de colecionar.

Hmm, o que fazer? Subitamente, ele teve uma ideia que poderia resolver seu problema. Ele poderia colecionar simplesmente as embalagens dos chocolates! Sim, todos os **tipos** de chocolate tinham algum tipo de embalagem ou vinham em algum tipo de caixa. Assim, ele poderia comer o chocolate e iniciar uma coleção. Era uma vantagem dupla! "Eu sou um gênio!" Ele pensou com orgulho.

Ele abriu a gaveta e vasculhou por um momento antes de pegar uma barra de chocolate que ele tinha guardado lá. "Esse será o primeiro artigo de **minha** coleção." Disse ele antes de se aproximar de sua mesa e retirar um caderno novo. "Vou colar as embalagens aqui." Ele achou inteligente a ideia de seu amigo armazenar os selos de sua coleção em um caderno e decidiu fazer o mesmo.

Ele preparou fita adesiva e usou um marcador para anotar a **data** e escreveu uma pequena nota e abriu a embalagem da barra de chocolate. Ele gostou do sabor doce e, quando terminou, ele usou um pano úmido para limpar os pedacinhos de chocolate derretido que ficaram grudados na parte interna da embalagem e, depois que secou, ele abriu a embalagem e a colocou em uma **página** do caderno, que prendeu com a fita. Ele rabiscou na página com o marcador logo abaixo da embalagem e fechou o caderno com um sorriso satisfeito.

Ele parou ali por um momento e saiu correndo de seu quarto para falar de seu novo passatempo a seus pais. Afinal, ele queria o apoio deles para comprar chocolates e expandir sua coleção!

Seus pais acharam divertido e depois dele **prometer** ser responsável e não exagerar nos chocolates, eles deram sua aprovação.

Vocabulary - Vocabulário

Manhã: *morning*

Jogando: *playing*

Selos: *stamps*

Coleção: *collection*

Comboios: *trains*

Colecionar: *collect*

Escolher: *choose*

Aparentamente: *apparently*

Viajado: *traveled*

Borboletas: *butterflies*

Cristais: *crystals*

Encontrar: *find*

Regras: *rules*

Chocolat: *chocolate*

Comprar: *buy*

Tipos: *types*

Minha: *my*

Data: *date*

Página: *page*

Prometer: *promise*

Resumo da história

Marty passou o dia em casa de seu amigo, eles brincaram no jardim e depois foram para dentro de casa. Depois do almoço, os dois meninos subiram para jogar videogames e um pequeno caderno captou a atenção de Marty. Seu amigo lhe disse que essa era sua coleção de selos e disse que poderia vê-la se quisesse. Marty adorou os selos coloridos e quando ele regressou em casa, ele quis começar sua própria coleção, mas ele não sabia o que colecionar. Depois de fazer alguma pesquisa, ele decidiu colecionar embalagens de chocolate.

SUMMARY OF THE STORY

Marty had spent the day at his friend's house and they played outside in his garden before going back inside. After lunch, the two of them went upstairs to play video games and a little notebook caught Giorgio's attention. His friend told him that it was his stamp collection and said that he could look at it if he wanted. Marty loved the colorful stamps and when he went back home, he wanted to start a collection of his own but he didn't know what to collect. After doing some research, he decided to collect chocolate wrappers.

Perguntas sobre a história

1) Quem é o personagem principal?
    A. Marty
    B. Mason
    C. Max
    D. Miles

2) Onde ele estava no início da história?
    A. Casa do tio
    B. Quarto do irmão
    C. Casa do amigo
    D. Casa do primo

3) O que ele viu na mesa?
    A. Uma história em quadradinhos
    B. Um caderno
    C. Um telefone
    D. Um computador

4) O que o seu amigo colecionava?
    A. Selos
    B. Conchas do mar
    C. Figuras de ação
    D. Postais

5) O que o Marty prometeu a seus pais no final da história?
    A. Que ele pagaria por seus próprios chocolates
    B. Que ele não iria comer muitos chocolates
    C. Que ele iria compartilhar com eles seus chocolates
    D. Que ele lavaria os dentes depois de comer cada chocolate

QUESTIONS ABOUT THE STORY

1) **Who is the main character?**
   - **A.** Marty
   - **B.** Mason
   - **C.** Max
   - **D.** Miles

2) **Where was he when the story started?**
   - **A.** His uncle's house
   - **B.** His brother's room
   - **C.** In his friend's house
   - **D.** His cousin's school

3) **What did he see on the desk?**
   - **A.** A comic book
   - **B.** A notebook
   - **C.** A phone
   - **D.** A computer

4) **What did his friend collect?**
   - **A.** Stamps
   - **B.** Sea shells
   - **C.** Action figures
   - **D.** Postcards

5) **What did Marty promise his parents at the end of the story?**
   - **A.** That he would pay for his own chocolate
   - **B.** That he wouldn't eat too much chocolate
   - **C.** That he would share his chocolate with them
   - **D.** That he would brush his teeth after eating the chocolate

Answers

1) **A**
2) **C**
3) **B**
4) **A**
5) **B**

Capítulo 20. Todo o mundo é um professor

O Sr. Adler entrou na sala de aula de manhã cedo e cumprimentou seus alunos com grande alegria. Ele adorava ensinar e participar na educação dos futuros líderes do mundo. Ele gostava de lhes ensinar coisas **novas** e se alegrava quando eles mostravam provas que aprenderem em suas aulas, quer fosse usando uma palavra nova ou resolvendo com êxito um problema matemático.

Como passava a maior parte do dia com essas crianças, ele conhecia bem cada um de seus alunos e ele estava ciente que algumas aulas eram mais do seu agrado do que **outras**. Por exemplo, embora eles tivessem desfrutado da sessão do dia anterior, ele sabia que a aula de somar daquele dia não seria recebida com muito entusiasmo.

E, conforme esperado, as reações dos alunos variaram de suspiros de desilusão a um aluno reclamando que a **matemática** era chata.

O Sr. Adler pousou o queixo na mão e refletiu por uns minutos. Ele olhou pela janela e estremeceu quando viu chuva. As crianças não poderiam sair para o recreio e ele não **queria** que seu humor ficasse ainda pior por estudarem algo que não gostassem sobre a perspetiva de não poderem brincar. Ele queria que a escola fosse um lugar **divertido** para eles e decidiu ser misericordioso. Ele poderia adiar a aula por uma hora.

"Muito bem. Então, e que tal:" Ele começou, se inclinando para trás, contra a sua mesa. "E se fossem vocês ensinando nessa aula."

As crianças olharam entre eles, confusos, e perguntaram o que ele queria dizer com isso.

"Bem, eu quero que cada um de vocês nos ensine algo. Vocês terão cinco minutos para nos ensinar qualquer coisa que queiram. Apenas algo em que sejam bons."

"Ohhh! Isso é muito melhor do que somar **números**!" Disse um dos garotos, levando os restantes a **concordar**.

"Calma, meninos." Repreendeu o Sr. Adler. "Ainda vamos ter a nossa lição de matemática depois." Ele os informou com um olhar firme, mas amável. "Vocês têm dez minutos para pensar em um tema, usem bem o seu tempo."

As crianças voltaram sua atenção para os cadernos e rabiscaram notas de diferentes temas. Todos eles levaram sua tarefa muito a sério e, quando terminaram os dez minutos, todos eles haviam terminado os preparativos de suas pequenas lições.

O primeiro aluno que se levantou para dar sua lição foi uma garotinha. Ela pediu para o professor lhe dar o marcador e disse aos colegas que ela ia ensiná-los a **desenhar** um ursinho de pelúcia.

"Primeiro, vocês desenham um **círculo** grande com um pequeno em cima. Esses são o corpo e a cabeça do ursinho." Ela explicou, desenhando os círculos em questão. "Vocês podem desenhar junto comigo também se quiserem", Ela disse aos colegas sobre os ombros. "Depois, vocês desenham dois meios círculos nas laterais **superiores** do círculo superior. Essas são as orelhas. Dois pequenos círculos nas laterais inferiores do círculo grande, esses são os pés do urso." Ela continuou desenhando em jeito de demonstração e algumas das crianças desenharam também em seus cadernos. "Para desenhar os braços, façam duas elipses nas laterais do corpo, desenhem **metade** dentro do círculo para parecer que o ursinho está segurando sua barriga."

O Sr. Adler reprimiu uma risada. Lucy, a menina que estava dando a lição, era adorável e ele estava muito **orgulhoso** dela.

"Agora, vamos desenhar os olhos e a boca do ursinho. Desenhem um círculo na parte inferior da cabeça e façam um pequeno círculo na parte superior para desenhar o nariz. Desenhem uma linha saindo da parte inferior da boca, desenhem a **forma** de um número três deitado, assim! Agora, desenhem dois círculos em cima para fazer os olhos e dois arcos por cima para fazerem as sobrancelhas e está feito!"

O Sr. Adler teve que admitir que essa aluna desenhou uma ursinho de pelúcia muito bonitinho no quadro **branco** e que os outros meninos apreciaram a lição. "Muito obrigado, Lucy." Disse ele, aplaudindo a menina e levando as outras crianças a aplaudir também.

A próxima criança que iria ensinar as outras eram um menino chamado Colin. "Eu vou ensiná-los a fazer um avião de papel que voa muito alto." Ele então começou dobrando um papel que ele havia levado com ele. Quando ele terminou de dobrar o papel em um avião, ele demonstrou o correto movimento de pulso para fazer o lançamento.

"Obrigado, Colin. Seus colegas parecem realmente satisfeitos com sua lição." O Sr. Adler disse com um sorriso divertido, enquanto as crianças lançavam seus aviões no ar.

Depois, uma menina se levantou e declarou que ela queria ensinar seus colegas a fazer uma trança. "Preciso de um voluntário. Katie, você tem cabelo longo, poderia vir **aqui** para eu mostrar como fazer uma trança nos outros?"

E foi assim que eles passaram uma hora e meia do dia. Todas as crianças tinham uma habilidade interessante para ensinar. Um deles usou os cadarços dos sapatos para demonstrar como elaborar nós de marinheiro, outro ensinou aos colegas o uso adequado das palavras "Acento" e "Assento", o que impressionou muito o Sr. Adler, e uma criança até mostrou aos outros uma maneira **fácil** de fazer cartões para o Dia das Mães.

Quando todos tiveram a sua vez, o professor se levantou e se afastou de sua mesa. "Muito **obrigado** a todos. Aprendi muito hoje e estou certo que vocês **também**." Ele disse.

"Qual foi o seu favorito, Sr. Adler?" Perguntou um menino.

"Eu não tenho um favorito. **Gostei** de todos por igual." Ele disse, preferindo assumir uma posição neutra. "E agora que todos nos divertimos, é hora de aprender a somar alguns números!" Ele disse, de modo provocador, citando o seu aluno.

As crianças soltaram um gemido coletivo, mas ele ficou satisfeito por notar que todos **pareciam** estar com um humor muito melhor.

Vocabulary - Vocabulário

Novas: *new*

Outras: *others*

Matemática: *math*

Queria: *wanted*

Divertido: *funny*

Números: *numbers*

Concordar: *agree*

Desenhar: *draw*

Círculo: *circle*

Superiores: *superior*

Metade: *half*

Orgulhoso: *proud*

Forma: *shape*

Aqui: *here*

Fácil: *easy*

Também: *too*

Obrigado: *thank you*

Gostei: *liked*

Pareciam: *seemed*

Branco: *white*

Resumo da história

Quando o Sr. Adler entrou na sala de aula, ele sabia que seus jovens alunos não iriam gostar da aula. Eles gostavam de algumas disciplinas mais do que outras e matemática era uma das disciplinas menos favoritas. Quando eles protestaram, ele decidiu os alegrar um pouco antes do início da aula e dedicar cerca de uma hora para eles desempenharem o papel de professor e cada um ensinar uma habilidade básica em que fossem bons. Alguns ensinaram os outros a desenhar, outros ensinaram a fazer tranças nos cabelos e outros mostraram como fazer nós de marinheiro.

SUMMARY OF THE STORY

When Mr. Adler entered the classroom, he knew that his young pupils were not going to like today's lesson. They enjoyed some subjects more than others and math was one of their least favorite learning topics. When they protested, he decided to cheer them up a bit before starting the lesson and dedicated about an hour for them to play the role of teachers and teach everyone a basic skill they were good at. Some taught the others how to draw, others taught them how to braid hair and some even showed the rest of the class how to make sailor knots.

Perguntas sobre a história

1) **Quem é o personagem principal?**
   A. Os alunos
   B. O diretor
   C. O zelador
   D. O professor

2) **Qual o seu nome?**
   A. Sr. Abraham
   B. Sr. Anderson
   C. Sr. Adler
   D. Sr. Atkinson

3) **O que ele ia ensinar aos alunos?**
   A. Multiplicação
   B. Adição
   C. Subtração
   D. Divisão

4) **Qual o nome da menina que ensinou os alunos a desenhar um ursinho?**
   A. Lucy
   B. Lindsey
   C. Lisa
   D. Lorry

5) **No final da história, os alunos estavam...?**
   A. Irritados
   B. Tristes
   C. Se sentindo aborrecidos
   D. Mais bem dispostos

QUESTIONS ABOUT THE STORY

1) **Who is the main character?**
    A. The pupils
    B. The headmaster
    C. The janitor
    D. The teacher

2) **What was his name?**
    A. Mr. Abraham
    B. Mr. Anderson
    C. Mr. Adler
    D. Mr. Atkinson

3) **What was the teacher going to teach the children?**
    A. Multiplication
    B. Addition
    C. Subtraction
    D. Division

4) **What was the name of the girl who taught the children how to draw a teddy bear?**
    A. Lucy
    B. Lindsey
    C. Lisa
    D. Lorry

5) **By the end of the story, the children were...?**
    A. Annoyed
    B. Sad
    C. Feeling bored
    D. In a better mood

Answers

1) **D**
2) **C**
3) **B**
4) **A**
5) **D**

Conclusion

Congratulations reader, you made it!

At this point we have shared some laughs, learned some Portuguese and more importantly had fun. From here we recommend that you go back through the stories and read them again as your comprehension has surely improved and you're bound to pick up something you may not have seen the first time. The best way to learn this material is through repetition and understanding the words in context. With your expanded vocabulary and improved Portuguese skills we also encourage you to even write your own stories! We want to thank you for reading our book and we truly hope you had a wonderful time and learned something new with our Portuguese Short Stories.

Keep an eye out for more books in the series as our mission is to serve you, the reader with engaging and fun language learning material.

About the Author

Touri is an innovative language education brand that is disrupting the way we learn languages. Touri has a mission to make sure language learning is not just easier but engaging and a ton of fun.

Besides the excellent books they create, Touri also has an active website, which offers live fun and immersive 1-on-1 online language lessons with native instructors at nearly anytime of the day.

Additionally, Touri provides the best tips to improving your memory retention, confidence while speaking and fast track your progress on your journey to fluency.

Check out https://touri.co for more information.

ONE LAST THING...

If you enjoyed this book or found it useful, we would be very grateful if you posted a short review.

Your support really does make a difference and we read all the reviews personally. Your feedback will make this book even better.

Thanks again for your support!